鳳陽府志

清・馮煦修　魏家驊等纂　張德霈續纂

十五册

黄山書社

光緒鳳陽府志卷十六上

藝文攷上（載籍）

鳳郡載籍自府志闕如縣志屚畧述者寥寥今取班氏藝文隋唐經籍逮宋明史所志錢大昕補元史藝文志兼文獻總目之書鈎稽數百種古籍亦略備矣顧佚者十六七江南安徽通志編錄更多誤遺茲並詳考復加按語近人纂述亦悉其類坿載焉作藝文攷上篇述載籍

漢淮南道訓二篇（淮南王安聘明易者九人號九師法　漢書藝文志　劉向別錄七略作十二篇　朱彝尊經義考曰陸氏釋文于[illegible]蠱遯損諸卦其所引傳師者當即九師本而鴻烈解引易曰剝之不可遂盡也故受之以復此則道訓之序卦傳文矣）

慶普慶氏禮（後漢書儒林傳　前書云慶普沛人）

爰禮字說（說文亏部平下語平舒也从亏从八八分也爰禮說按叙云沛人）

謝曼卿毛詩訓（後漢書衛宏傳）

桓君大小太常尚書章句（後漢書桓榮傳　按本傳云榮習歐陽尚書事博士九江朱普初受朱普學章句四十萬言及榮入授顯宗減爲二十三萬言郁復刪省定成十二萬言大小太常謂桓榮桓郁）

桓譚樂元起二卷琴操二卷（舊唐書經籍志　新唐書藝文志）琴道一篇（後漢書本傳）

撰未成肅宗令班固續成之

魏蔣濟郊丘議三卷（隋書經籍志）

吳薛綜五宗圖述（三國志本傳）

魏嵇康春秋左氏傳音三卷（隋經籍志）

晉戴逵五經大義三卷隋經籍志

宋戴仲若月令章句十二卷禮記中庸傳二卷唐經籍志藝文志按隋志不錄月令章句錄禮記中庸傳二卷注云宋散騎常侍戴顒撰

齊劉瓛周易乾坤義一卷周易四德例一卷周易繫辭義疏二卷毛詩序義疏一卷毛詩篇次義一卷毛詩雜義注三卷喪服經傳義疏一卷隋經籍志

隋劉臻與陸法言同撰廣韻五卷廣韻陸法言序陳振孫書錄解題

宋呂本中春秋解二卷童蒙訓三卷宋史藝文志按本傳春秋解作十一卷

元李道純周易尚占三卷錢大昕補元史藝文志云保八宗

明陳玠七經待問錄古今文字記依永一知皆無卷數定遠縣志

周文郁易經注壽州志

鄭斐訂正喪禮一卷江南通志

徐養相禮記輯覽八卷四庫全書存目

方燦毛詩講義四書講義安徽通志

梅和羹毛詩括韻安徽通志

李方華燕翼堂易鈔懷遠縣志安徽通志文苑傳作詩鈔

徐體乾周易不我解二卷安徽通志云長淮衛人字行健正德辛巳進士

楊時秀春秋集傳懷遠縣志

國朝陳赤周易解江南通志壽州人

王存廉易筌數十卷安徽通志

熊時定周易解無卷數　春秋四傳合注十卷鳳陽縣志
殷徙南周易解四書解安徽通志鳳陽人
閔大全四書斧斯集懷遠縣志
孫翼祖周易通壽州志
金墀讀易管窺讀詩偶得安徽通志云鳳臺人
方仙根四書講義壽州志
徐資四書講義安徽通志
趙正欽學庸辨疑錄宿州志
方引長春秋要旨壽州志
王鼎春秋翼注錢袁定二公門人蔡以綸續成之　四書詮解安徽通志

蔣蔭南許書重文攷壽州人
張偉略四書講義壽州人
葛佩蘭發蒙字考三卷壽州志
余陳猷音均識略二十卷壽州志按安徽通志作金陳猷誤
孫蟠羣經晰疑二卷壽州志
孫克佐字學尋源一卷壽州志
孫克佺古甎覽圖考壽州志
孫清徹香乘土音釋詁一卷壽州志
張家相孝經翼懷遠縣志
曹家澤筆花軒經藝壽州志

呂緗熙孟子晰疑大學約旨讀四書集註安徽通志

邵昇四書同文集四卷懷遠縣志

戴龍宸周易貫旨大學發要壽州志

朱第儀禮摘要懷遠人

孫家琳周易集解壽州志

張錫嶸詩經章句孝經章句孝經問答錫嶸見忠節傳

王繹如學庸集解二卷鳳臺人字貫珠

年貫行周易序卦說一卷洛書淺說一卷韻學一卷禮注經訓一卷懷遠人字艮園

以上經類

漢褚少孫補史記十篇四庫全書簡明目錄 按漢書藝文志載史記百三十篇不注少孫所補後載馮商續太史公七篇亦未詳篇名今馮商續篇不可攷而少孫所補如龜策等傳皆可復按

魏嵇康聖賢高士傳三卷隋書經籍志 舊唐書經籍志亦三卷新唐書藝文志作八卷聖賢高士傳贊三卷隋書經籍志云嵇康撰周續之注

晉薛瑩後漢記六十五卷隋書經籍志 舊唐書經籍志新唐書藝文志皆作一百卷

晉太子中庶子戴逵竹林七賢論二卷隋書經籍志

梁劉鬷續列仙傳讚三卷隋書經籍志云劉向撰鬷續孫綽讚 按鬷劉顯之父

梁潯陽太守劉顯漢書音二卷隋書經籍志

陳劉師知撰高祖起居注十卷陳書本傳聘遊記三卷隋書經籍志

宋呂夷簡三朝國史一百五十五卷宋史藝文志作一百五十卷 文獻通考晁公武

讀書志曰紀十卷志六十卷列傳八十卷五朝寶訓六十卷三朝太平寶訓二十卷

三朝訓覽圖十卷按寶訓三書與林希同撰進天聖編敕十二卷聖令文三十卷一司一務敕三十卷宋史藝文志

呂文靖公事狀一卷不知作者宋史藝文志

宋白時中進政和瑞應記及贊宋史本傳按宋備紫字時中所爲紀贊極其諂諛其人不足取今不立傳而存其書

政和新修御試貢士敕令格式一百五十九卷又政和新修貢士敕令格式五十一卷宋史藝文志

呂公孺奏議二十卷宋史藝文志

呂申公掌記一卷文獻通考按陳振孫直齋書錄解題云呂申公在相位所記人材已用未用姓名及事當行已行之目

呂希哲歲時雜記二卷文獻通考題呂原明撰其字也直齋書錄解題云呂希哲撰呂滎陽公在歷陽時與子孫講誦遇節日則休學者雜記風俗之舊然後團坐飲酒以爲樂久而或遍承平舊事猶有考焉

呂氏家塾廣記一卷宋史藝文志

呂本中官箴一卷宋史藝文志

師友淵源錄五卷宋史本傳

紫微雜記一卷宋史藝文志趙希弁讀書志作紫微雜說

明朱橚甲子編年十二卷明史藝文志

朱權通鑑博論三卷漢唐祕史二卷明史藝文志云洪武中奉敕編次衢潛書目一卷神隱志二卷鳳陽縣志

柳瑛明朝大禮無卷數

中都志十卷明史藝文志

趙炯然經濟編安徽通志

黃淮通鑑輔義江南通志

郭勳三家世典一卷 明史藝文志云紀徐達沐英郭英三家世系勳伐本末

中山徐氏世系一卷 明史藝文志云似郭勳所撰

方震孺遜事實錄一卷粵東筆記五卷自敘年譜一卷禍由錄一卷西臺奏疏一卷賞恤奏疏一卷按遼奏疏二卷 鳳陽縣志

苗衷史閣記聞 江南通志

任文石相山志 江南通志

陳玠羣史輯要 定遠縣志

張雲漢閔子世譜十二卷 四庫全書存目

黃金開國功臣錄三十一卷 明史藝文志云黃金濠州人紀徐達至指揮李觀凡五百九十一人

按定遠縣志無卷數

張宏代天台縣志二十卷 安徽通志云靈璧縣人

趙永南京錄 鳳陽縣志云臨淮人

楊嘉猷國朝名賢纂 懷遠縣志

方燦通鑑纂要 安徽通志

王守謙子丑紀事全城紀事 靈璧縣志

國朝馬紹周唐宋間十國志 定遠縣志

楊若荀史論水經補注金石攷 懷遠縣志

王鼎淮河源流攷江南水利書 安徽通志

朱第歷代文苑辨誤 懷遠人

余逢春周史八十卷 安徽通志

呂緝熙國語存液 安徽通志

孫蟠風土記一卷 壽州志

凌燾江西視臬紀事 定遠縣志

凌泰交潕陽紀事 定遠縣志

張謙六官駢萃路史韻言淮南耆蹟 鳳陽人

邵景舜咸豐以來忠節錄 宿州志

宮兆麟奏議十卷 懷遠縣志

何陛志草又史辨 定遠縣志

魏僉君子志三卷 志先賢宓子不齊碧吳過楚卒葬祠墓事 壽州志

金墀南旋紀畧瑯琊紀程云 安徽通志 鳳臺人

何國祥紀游編 鳳陽縣志

孫珩經史粹言四卷 壽州志

宋樞懷遠節孝錄 安徽通志誤作朱樞

魏瑤林讀史攷異 壽州人字時庵

張瀛棠存真錄一卷 紀苗練事 鳳臺人

以上史類

漢淮南內二十一篇 王安 淮南外三十三篇 師古曰內篇論道外篇雜說 漢書藝文志 按漢書淮南傳淮南王安招致賓客方術之士數千人作為內書二十一篇外書甚衆 西京雜記曰淮南王安著鴻烈二十一篇鴻大也烈明也言大明禮教號為淮南子一日劉安子自云字中皆挾風霜揚子雲以為一出一入 淮南雜子星十九卷 漢書藝文志天文家 淮南養蠶經一卷 淮南太陽真粹論一

卷淮南萬畢經一卷淮南變化術一卷淮南中經四卷淮南八
公相鵠經二卷隋書經籍志新唐書藝文志萬畢經作爲畢術淮南商詁二十一卷
舊唐書經籍志劉安撰按疑即淮南內篇淮南六甲隱形圖五卷隋志注淮南王見機
八宅經一卷宋史藝文志安微通志作四卷誤
桓子新論十七卷隋書經籍志云後漢六安丞桓譚撰按後漢書本傳譚著書言當世行事二十九篇號
日新論
陳寵辭訟比七卷後漢書本傳
陳忠決事比二十三條後漢書陳寵傳
魏蔣子萬機論隋書經籍志云蔣濟撰
桓範世要論十二卷隋書經籍志云梁有二十卷舊唐書經籍志作桓氏代要論十卷注云桓範撰按
世改代者避太宗諱也
嵇康養生論三卷隋書經籍志
晉戴逵老子音一卷纂要一卷隋書經籍志
薛瑩新議八篇三國志薛綜傳
戴顒逍遙論南史本傳
宋呂氏雜記二卷欽定四庫全書提要云宋呂希哲撰
王萬時習編宋史本傳
許希神應鍼經要訣宋史方技傳
元李道純道德會元二卷太上老君常清淨經注一卷護命經
注一卷大通經注一卷洞古經注一卷中和集六卷三天易髓

一卷全眞集元祕要一卷瑩蟾子語錄六卷錢大昕補元史藝文志道純字元素臨濠人自號瑩蟾子

明仁孝徐皇后勸善書二十卷明史藝文志

朱橚救荒本草四卷普濟方六十八卷明史藝文志 鳳陽縣志本草作二卷普濟方作一百六十八卷

朱權爛柯經一卷神奇祕譜三卷原始祕書十卷素書注一卷臞仙神隱書四卷乾坤生意四卷壽域神方四卷肘後神樞二卷琴阮啟蒙一卷庚辛玉冊八卷造化鉗鎚一卷運化元樞一卷明史藝文志 鳳陽縣志肘後神樞作肘後神經大全三卷

沐英滇南本草圖說一卷定遠縣志

趙道震傷寒類證江南通志

許長春慈幼集六卷安徽通志

戚繼光紀效新書十四卷練兵實紀九卷雜集六卷將臣寶鑑一卷禪家六籍十六卷明史藝文志

方震孺在沙腐語無卷數 閩士課無卷數 治蠱奇書無卷數 報恩錄一卷鳳臺縣志

殷雲霄志彀錄一卷金僕姑一卷鳳陽縣志

苗衷歸田錄江南通志

王守謙小隱窠爽言一卷喚世編一卷靈璧縣志

趙烱然大明中極八陳鈐筍支極思集安徽通志

趙永文華講義鳳陽縣志云臨淮人
楊嘉猷傳習錄清粹錄無卷數就正錄一卷逆說一卷居身拱璧注一卷懷遠縣志
何陛庭訓十義安徽通志
李繼東學一圖說安徽通志云定遠人
黃清梅峯隨筆定遠縣志
國朝戴龍宸勉學篇壽州志
孫克任勉學篇一卷愼思集一卷世範六卷家誡六卷應驗簡便良方二卷壽州志
胡應亨傷寒輯要雜證脈訣安徽通志

蔡溥狐白集無卷數醫統無卷數安徽通志
趙應元傳白牛圖方書一卷宿州志
白啟陽溫疫辨論安徽通志
方承允醫方三卷壽州志
孫氏琴仙傳痘證奇書二卷壽州志
孫聯珠地學簡錄又星運秘旨又太極圖圈壽州志
周列五性理論二卷壽州志
殷徙南道德經解安徽通志云鳳陽人
馬孫鳴中說星攷靈璧縣志
熊時定三才考異四卷安徽通志

熊賢酯讀書會要錄鳳陽縣志
胡寶光讀書聖錄安徽通志云臨淮人
孫蟠旅窗晴課一卷言行彙編無卷數心相三十六則讀書十八
則樂者堂印譜印存六卷壽州志
刁世綸刁氏叢錄農圃約言草莽腐談鳳陽縣志
趙蘭秀瑣言鳳陽縣志
楊逢年七十二家書法鳳陽縣志
楊榮袞算學舉隅懷遠縣志
方士淦東歸日記又蕉餘偶筆定遠縣志
孫克佐耕漁小憩壽州志

張家相待問編十二卷懷遠縣志
孫國榮讀畫樓瑣記又刻瑯琊山館叢書百餘種壽州志
周開農古田小草安徽通志
張翀增訂禽譜栞譜安徽通志
呂緝熙求志編程子晰疑
沈文基思誠集二卷遜志集四卷安徽通志云宿州人
李相靈家範一卷宿州志
方濬師蕉軒隨錄十二卷定遠人字子嚴
年貴行百戰奇略演易一卷懷遠人字艮園
張錫嶸讀朱子就正錄一卷慎終埂言一卷吳氏三益齋叢書刻本

方濬頤出塞記一卷定遠人字子箴

陳丹陰符經注定遠縣志

鮑德俊芻言一卷壽州人字克齋

蔡潔考鑑錄定遠縣志

方遂聞見錄壽州志

孫珩利濟篇二卷壽州志

魏瑤林小學要覽地理一舸錄壽州人

呂闓坡寄閒齋攷古錄雜記靈璧人

曹璜劫餘錄鳳陽縣志

趙士賁琴鶴堂日錄漫遊隨筆鳳臺縣志

以上子類

淮南王賦八十二篇淮南羣臣賦四十四篇淮南歌詩四篇漢書藝文志

淮南王集一卷隋書經籍志注云梁二卷新舊唐志亦作二卷

保成師友唐林集一卷隋書經籍志注按唐林字子高沛人見漢書儒林傳保成師友見何武傳中[illegible]未及

中謁者史岑集二卷隋書經籍志注舊唐書經籍志亦云二卷

桓譚集五卷隋書經籍志按新舊唐志皆作二卷

司徒掾桓驎集二卷隋書經籍志注按驎後漢書文苑有傳舊唐書經籍志依隋志編次上京彪士達二集

相同下栢驎集知爲桓驎集之誤新唐書藝文志不誤又

按後漢書桓彬傳父麟所著碑誄讚說書凡二十一篇

桓彬七說及書後漢書本傳

魏中散大夫嵇康集十三卷 隋書經籍志云梁十五卷錄一卷新舊唐志皆作十五卷無錄一卷

桓範集二卷 隋書經籍志注

魏尚書郎劉馥集十一卷 隋書經籍志注

吳太子少傅薛綜集三卷錄一卷 隋書經籍志注舊唐書經籍志作二卷

二京賦音二卷 隋書經籍志

私載 三國志吳書本傳凡所著詩賦難論數萬言名曰私載

晉劉伶酒德頌一篇 文選

晉散騎常侍薛瑩集三卷 隋書經籍志新舊唐志皆作二卷

桓溫集十一卷 隋書經籍志云梁四十三卷

桓溫要集二十卷錄一卷 隋書經籍志注舊唐書經籍志但云桓溫集二十卷

桓元集二十卷 舊唐書經籍志

晉南中郎桓嗣集五卷 隋書經籍志注按晉書桓彝傳桓沖七子嗣謙修崇宏羨怡嗣字恭祖卒贈南中郎將

晉徵士戴逵集九卷 隋書經籍志注云梁十卷錄一卷新舊唐志皆作十卷

晉宗正嵇喜集一卷 隋書經籍志注云梁二卷錄一卷舊唐書經籍志作二卷

晉廣州刺史嵇含集十卷錄一卷 隋書經籍志新舊唐志皆無錄一卷

晉侍中嵇紹集二卷錄一卷 隋書經籍志舊唐志無錄一卷

晉太常卿劉宏集三卷錄一卷 隋書經籍志舊唐志無錄一卷

劉惔集二卷 舊唐書經籍志

丹陽尹劉惔集二卷錄一卷 隋書經籍志注舊唐志作五卷

齊步兵校尉劉瓛集三十卷 隋書經籍志

齊射聲校尉劉瓛集三卷 隋書經籍志

隋饒陽伯劉臻集十卷 隋書文學傳

劉臻妻陳氏集五卷 隋書經籍志舊唐書經籍志新唐書藝文志

宋呂文靖集五卷 文獻通攷 按本傳云集二十卷藝文志十著錄止五卷乃其詩集直齋書錄解題曰文靖不以文鳴而其詩清淵和雅未易及也 呂文靖試卷一卷 文獻通考 陳直齋書錄解題曰丞相許國文靖公試卷呂夷簡坦夫撰咸平二年壽州應舉此其程文也

呂公著集六十卷 呂申公試卷一卷 宋史藝文志 按文獻通考有呂正獻公集二十卷

呂本中江西宗派詩集一百十五卷 宋史藝文志 文獻通考作詩派一百三十七卷續派十三卷 東萊詩集二十卷 宋史藝文志云呂本中撰 紫微詩話一卷 欽定四庫全書提要云宋呂本中撰

李植臨淮集十卷 安徽通志云臨淮人

魏杞山房集 無卷數 宋詩紀事

王希呂湖山十詠 安徽通志云宿州人

僧惠崇詩三卷 宋史藝文志 文獻通考作十卷 惠崇句圖一卷 文獻通考

明朱權元宮詞一卷 鳳陽縣志

朱權瓊林雅韻 無卷數 采芝吟一卷 鳳陽縣志

朱椿獻園集 鳳陽縣志

殷雲霄古樂府四百篇 鳳陽縣志

戚繼光橫槊稿三卷 明史藝文志 止止堂集 定遠縣志

張棨龍城集 安徽通志

苗東雪窩稿 江南通志
張應星竹窩偶編 壽州志
劉繼曾澹庵詩帖 壽州志
陳約蓬莊集 壽州志
陳佑青崖集漆園稿 壽州志
許本忠褒孝集八卷 懷遠縣志
許華修慈幼集四卷 懷遠縣志
陳綦滄洲集 壽州志
袁穡泰山蒐玉四卷 安徽通志云懷遠人
徐榛覆瓿集 壽州志

張軏西淝遺稿 壽州志稿散佚有詩篇見李兆洛小山嗣音
周性松軒漫稿 壽州志
許鵬竹莊詩集 壽州志
黃淮省愆集二卷詞一卷 明史藝文志本書黃淮見文苑
沈翺堅白集 壽州志
凌煙臣解憤草 壽州志
湯銕翁遺稿四卷坿錄一卷 壽州志云名鼐成化間進士詩篇亦見李兆洛小山嗣音
彭仕章語椽詩集 定遠縣志
黃清蛙鳴集 定遠縣志
呂養性寄生草六帙 安徽通志

顧伯謙起亭集江南通志

任文石藉花墅集江南通志

王職鴻利落還稿靈璧諸生

劉復生塞上吟一卷壽州志

方震孺雜文一卷幾灰草一卷偶然剩稿一卷鳳臺縣志

楊尚渾片月樓稿岫雲閣草安徽通志

國朝田大璽詠桃詩一百首安徽通志

高曾祝强恕齋詩草安徽通志

趙永類畬稿北歸稿瀛洲詩皆無卷數鳳陽縣志

楊懌洛川古文集洛川詩集安徽通志

李敦養純詩集安徽通志

宮樟二石軒詩集二卷安徽通志

凌和鈴牧嵐小草定遠縣志

余陳烈荆樂園詩文集壽州志

鄧宗源宛陵詩草安徽通志

任柔節詩文集數十卷安徽通志

孫嘉瑜景梅山房集一卷安徽通志

金墀楓亭詩文集安徽通志

胡梅卧嶺自訂集安徽通志

馬紹周對山四部稿安徽通志

熊時定假山堂詩文集安徽通志

劉允謙嶺南吟二卷壽州志亦見小山嗣音詩篇

陳赤醉竹吟三卷壽州志

蔡以綸翠竹軒詩草安徽通志

胡寶光十友軒詩草安徽通志

張佩詩集一卷李兆洛小山嗣音

曹子龍鳴鶴堂詩集八卷壽州志

蕭珠問中吟一卷小山嗣音

仲友連詠風草堂古近體詩六卷安徽通志

林晉奎洗蓬山人集懷遠縣志

仲緒趵黄雪軒詩稿六卷安徽通志

林士佑瀟湘詩賦草各二卷安徽通志

楊承啟鋤月山房詩集安徽通志

楊榮亥夢同齋詩集無卷數詩餘一卷詞餘一卷安徽通志

張翀竹塢集鳳陽縣志

盛世鳴空谷居士詩集太古集鳳陽縣志

謝開寵愼齋堂詩集二卷李兆洛采入小山嗣音

許所望蔬園詩集十二卷陶文毅公澍極賞之

俞化鵬天爵堂詩集一卷壽州志

方時寶效顰集一卷李兆洛采入小山嗣音

蕭景雲招鶴堂詩集六卷 壽州志

楊若荀詩文集 懷遠縣志

余陳猷培遠堂詩稿 壽州志

凌叅封東園詩鈔 定遠縣志

方士淦生還詩草 定遠縣志

凌泰垣桐軒詩集 定遠縣志

汪喬年梨花樓詩一卷郵居詩一卷海春集繡園尺牘 無卷數壽州志

孫元珖晚香園詩草一卷 壽州志

孫國棨白雲草堂文集香谷詩鈔詩餘 安徽通志

孫家轂吾金貞石盦文集一枝巢詩詞鈔 安徽通志

孫長和懷雨樓詩集 安徽通志

任玉書琴軒詩稿 安徽通志

閔煥詩集 安徽通志

閔大全詩古文集 安徽通志 閔煥子

孫玠詩集二卷 安徽通志

楊樹善詩文集 無卷數懷遠縣志

方玉堤素園詩鈔 定遠縣志

張之藻譙中詩草 安徽通志

沈桂自怡小草嚶鳴小草 安徽通志

滕立言石圃詩稿 安徽通志

朱學孔艾軒詩稿安徽通志
姚肇修退思軒詩稿安徽通志
宋敬修修竹館詩稿安徽通志
陳德馨佩芳詩稿安徽通志
魏維廉介夫詩稿安徽通志
林士綸湘鄉詩稿安徽通志
王溥滙餘詩稿安徽通志
陳元中拙可詩存六卷安徽通志覺非齋詩集一卷定遠縣志
陳龍夔紅雪山房詩文集安徽通志
王璣古堂詩鈔安徽通志

方玉垣叢桂堂集安徽通志
方士鼒四持軒詩鈔安徽通志
方銘夔悔軒詩稿安徽通志
王恬古今文集安徽通志
劉恬曉月吟稿安徽通志
周盤竹甫詩鈔一卷李兆洛采入小山嗣音
孫仁雪雪山房遺稿二卷壽州志
孫蟠浪游淒響一卷南游小草一卷紀程一卷十洲詩文鈔無卷數李兆洛采入小山嗣音
宋允賢守文堂集懷遠縣志

孫克依湘雪軒詩鈔四卷詩篇腹腴十二卷壽州志

孫克佐耕漁小憩詩賦二卷秋窗蟲吟集一卷壽州志

孫克修暢園詩存二卷聽鸝吟榭詩鈔二卷壽州志

陶信芳天香齋吟草壽州志

鄧旭林屋詩集四卷安徽通志鳳臺志作九卷詩篇亦見小山嗣音

孫濤澂碧雪山房詩集一卷壽州志

孫桂森桐花軒詩文集壽州志

陳鍾馨獨醒齋詩集定遠縣志

凌奎興詩集定遠縣志

凌泰交謙齋詩鈔定遠縣志

孫樹南攓雲山房詩文集安徽通志

孫貫長嘯齋詩草壽州志

劉濂五峯草堂稿安徽通志

周元輔意山園詩集四卷續鈔一卷安徽通志

劉錫祉寤亭詩集李兆洛采入小山嗣音

張亦韓喘餘詩草壽州志

方德洋四香齋詩草安徽通志

江之湘潄花軒詩草安徽通志

丁津濯月亭晴雪樓詩稿安徽通志兩山堂文集宿州志

方汝宣曉軒詩文集定遠縣志

周開官借生堂集安徽通志

王蘊葉壯游詩草靈璧縣志

朝廷璋清音詩集八卷靈璧縣志

高蟠石鋏崖詩草靈璧縣志

戴從善剡溪詩草靈璧人

單培初對松軒詩稿靈璧人

宮氏爐餘詩集一卷懷遠縣志

宮楷文川文集四卷懷遠縣志

宮杲來青書屋文集懷遠縣志

高錫基指所齋文集四卷因遇山房詩集四卷駢文一卷荆塗

叢憾集一卷懷遠人字月中

宋烈思補堂文集壽州人

年貴行靜存軒詩集一卷懷遠縣志

柳應聘百一稿一卷懷遠人字味阜

凌濤雩西游草一卷定遠人字劍山

唐亮芥子堂詩鈔一卷懷遠縣志

孫維霞詩文集懷遠縣志

李滋霖詩文集懷遠縣志

楊模聖還珠集四卷懷遠縣志

宋文治鳳山文集懷遠縣志

湯璐伯郵詩集 懷遠縣志

湯珏碧郵詩集 懷遠縣志

楊新蘭西行詩草一卷 懷遠縣志

常太和詩集 懷遠縣志

柳坤厚筆耕齋存稿二卷游秦存稿二卷 鳳陽縣志

黃景耀文集四卷 懷遠縣志

湯允績六體香奩 鳳陽縣志

魏羔隆詩集二卷 懷遠縣志

張其暈環隅集 鳳陽縣志

孫玉田拳石山房詩集 壽州志

龔謙醉墨齋文稿尚友集詩稿 鳳陽縣志

孫聯珠君遷館詩文集聊復爾爾齋詞 壽州志

劉維樂解頤軒詩文集 壽州志

杭廸杭超傳家十集 定遠縣志

王磐詩文集 定遠縣志

張家相巨園詩草 懷遠縣志

陳廷襄少讀詩存 定遠縣志

彭殿勳竹銘詩集 定遠縣志

王顯祖晚香草 定遠縣志

李冠自怡集 懷遠縣志

吳鎬自怡齋詩稿（定遠縣志）

刁世綸匏尊詩集（鳳陽縣志）

方學海夢餘草（定遠縣志）

薛家仁帶星草堂詩鈔二卷（壽州志）

李資深成蹊草堂詩集一卷（壽州志）

陳佑蓮祕華齋詩草（壽州志）

葛蔭南易硯齋文存又詩存（無卷數　壽州人）

陳衷培蔗畦詩稿（定遠人）

魏炳麟十竹齋詩稿（鳳陽人）

凌煥損寅詩一卷（定遠人　字小南）

[illegible][illegible]榮詞餘一卷（懷遠諸生　字筱坡）

李景蓮蛩吟餘響樂琴詩集（鳳臺縣志）

李東郊詩一卷（鳳臺諸生名墅李兆洛采入小山嗣音）

李映淮齋堂吟草四卷（壽州志）

張元樞庸行堂集（壽州志）

徐伯鑑適軒尺牘（壽州志）

余法祖小舟山房文集（壽州志）

徐大昕中理堂集（壽州志）

許邦達五代文存（懷遠人）

方濬頤知止軒詩文集十二卷（定遠人）

潘永康嘯月小草二卷鳳臺縣志

王韶律聘梅堂詩草鳳臺縣志

王恩捷友竹軒詩草鳳臺縣志

方梓林越游存稿一卷定遠人字楚山

王松濤詩一卷名岵字羲書鳳臺人乾隆癸酉拔貢見李兆洛小山嗣音

方芙園詩一卷名詔弟繹字牧亭亦能詩又有趙佳賔字晴軒方淮字均一方軒字介堂方承永字作遠皆鳳臺諸生有詩篇見李兆洛小山嗣音

七老會詩一卷懷遠縣志云七老爲楊廷相馮夢龍張家相林澍楊明善宮毓麟何偉才夢龍爲邑廣文馮洞之父餘皆懷遠人

青雲樓九老倡和詩一卷懷遠縣志云九老郎前七老增二人

高湛蘋風閣詩草

陸大瀛茗香堂集

陸大望失餘齋稿

陸大任棣蕚樓詩草

陸大攸南嶽集

陸德鉁三間屋詩存

高友恕棣華館詩餘

高友林如芥園吟草

程士燮四箴堂詩集

程士盤根盦小吟

謝克長守拙軒詩遺

朱克讓攷亭遺卷

陸大全一峯剩稿

程文問渠書屋詩草

洗子方課餘集二卷 以上皆靈璧人

俞克敏沆瀣軒詩賦合稿 懷遠人

金式彥蝶園詩鈔 鳳臺縣志

趙士貴遯園詩草 鳳臺縣志

張蟠桂詩集 鳳臺人

張瀛堂亂餘小草寄斯集蒿目吟 鳳臺縣志

方士貞詩文集 鳳臺縣志

馮鈞輔石農存稿一卷 定遠廪生字耕石

周氏詩草 定遠周成璋達夫周琨瑱珊撰

王廷燕思畏齋刼餘賸草 臨淮舉人字星橋

以上集類

淮南王食經并目百六十五卷 隋書經籍志云大業中撰多淮南王逸事附錄於此新唐書藝文志有諸葛頴淮南王食經一百三十卷音十三卷食目十卷

淮南記一卷 隋志云不著撰人名氏

淮南鴻烈音二卷 舊唐書經籍志云何誘撰

壽春圖經 引見太平御覽不知作者

假黃帝問答淮南子術一卷 宋史藝文志

唐濠壽團練判官裴均壽陽唱詠集十卷 新唐書藝文志

王元謨壽春記 見太平御覽

沈旣濟江淮紀亂一卷 宋史藝文志

世宗征淮錄一卷 宋史藝文志

濠州干戈錄一卷 宋史藝文志不知作者

尹機宿州事實一卷 宋史藝文志

馬永易壽春襍志一卷 宋史藝文志

劉拯濠上摭遺一卷 宋史藝文志

濠梁古蹟一卷 見明史宋濂撰

卞瑺興濠開基錄一卷 明史藝文志

袁文新鳳陽新書八卷 按本書作袁文新明史藝文志作袁又新誤

舊鳳陽府志四十卷 康熙乙丑鳳陽知府耿繼志修同治間修安徽通志鳳陽各屬州縣志皆未見原本今始訪得之

萬嗣達鳳陽縣志 明萬歷四十二年修未見

孫維龍鳳陽縣志 乾隆三十八年修有嘉定錢大昕序未見

鳳陽縣續志十六卷 同治九年俞熙光緒二年謝永泰重修

魏宗衡臨淮縣志 康熙十一年修未見

王存敬懷遠縣志 明萬歷三十三年修未見

唐暄懷遠縣志 雍正二年修未見

懷遠縣志二十八卷嘉慶二十三年孫讓修據張之洞書目答問云董士錫撰

懷遠縣續志同治八年童埰修未刻

定遠縣志十卷道光六年楊慧修　續志同治十年劉宗海修未刻抄本不全

甄諟壽州志明正統間修

董豫壽州志明宏治間修

栗永祿壽州志明嘉靖間修

莊桐壽州志明萬歷五年修

李大升壽州志順治十三年修有州人翰林院檢討邵旭序　以上壽州志五部皆未見

席芭壽州志乾隆三十二年修

壽州志三十六卷道光七年朱士達干友仁同治十年李蔚光緒十六年曾道唯修

李兆洛鳳臺縣志十二卷嘉慶十九年修

鳳臺縣志二十五卷光緒十八年李師沆石成之修

崔維嶽宿州志明萬歷丙申年修

董鴻圖宿州志康熙五十七年修未見

王錫蕃宿州志乾隆十五年修未見

宿州志三十八卷道光五年蘇元璐修有陶文毅公澍序　續志同治八年李陔生光緒十五年何慶釗修

靈璧縣志四卷乾隆二十三年貢震撰二十五年震手書刊本　續志同治八年景瑞修未見刊本

靈璧河防錄一卷靈璧河渠原委三卷江陰貢震撰

李兆洛小山嗣音皆選鳳臺人詩篇有本集佚者賴此以存

濠梁唱和集四卷署鳳陽府知府王詠霓與本郡詩人倡酬之作

濠梁送行集一卷知府馮煦之任河東郡中門生送行之作

以上坿錄凡非郡人所撰而其書多志鳳郡事者坿錄於此

按安徽通志及鳳郡州縣志所錄古籍多不注出處今爲詳攷并補闕遺如經類補六家慶普慶氏禮旻禮字說桓譚琴道一篇劉瓛毛詩𧞣義注三卷劉臻與陸法言同撰廣韻五卷元李道純周易尚占三卷史類補四家褚少孫補史記十篇薛瑩後漢記唐志作一百卷梁劉歊續列仙傳讚三卷唐裴懷貴兄弟傳三卷子類補四家淮南商詁二十一卷淮南王食經一百三十卷音十三卷食目十卷

淮南子術一卷元李道純營蟾子書共十二卷集類補八家漢保成師友唐林集一卷中謁者史岑集二卷司徒掾桓驎集二卷魏尚書郎劉馥集十一卷晉南中郎桓嗣集五卷劉惔集二卷丹陽尹劉惔集二卷隋劉臻妻陳氏集五卷又坿錄淮南記八家皆各志所未及其誤者如壽州志多載呂祖謙所箸書攷東萊年譜生於桂林禮部賜及第籍著金華四庫全書提要云古周易宋呂祖謙編字伯恭金華人據此祖謙箸述不應入鳳郡藝文明矣又江南通志載劉鳳續吳中先賢贊十五卷釋教編六卷於壽州人箸述中李兆洛鳳臺志錄之以爲 國朝人今攷明史

藝文志有此二書別有吳錄二卷吳郡考二卷劉子穰組十卷皆劉鳳撰不詳劉鳳何許人蓋三書皆志吳郡事或疑是吳人通志以壽州孝友傳中有同姓名之劉鳳而誤蒙疑箸書之劉鳳是吳人孝友之劉鳳是壽州人今劉鳳五書皆未見莫能案定又安徽通志於晉辥瑩集下又載辥瑩洞庭詩一卷攷新唐書藝文志辥瑩洞庭詩集一卷列張爲後宋史藝文志辥瑩詩一卷列楊巨源後似非晉辥常侍蓋唐代詩人同姓名者通志似誤收又宋史藝文志經類載袁甫中庸詳說二卷檢晉書本傳袁甫字公胄淮南人但言其好學有詞辯未云箸作四庫簡明目錄載蒙齋中庸講義四卷宋袁甫撰知宋人與公胄同姓名者故隋唐志皆無公胄書疑弗能憭今四家皆未箸錄恐重坐貤繆綴述篇末俟後之君子攷正焉

藝文攷下 金石

古彝斵樹凡鳳郡出土者無多可攷見者宋王黼宣和博古圖薛尚功歷代鐘鼎彝器款識二書鉤摹箋釋之例今亦仿之漢磚唐碑皆以年代相次宋元以下眞書不撫字形巡王蘭泉金石萃編例也不載全文者注時代撰人姓氏省篇幅云述金石

己舉爵

文曰己舉

宋薛尚功鐘鼎彝器款識云己者在商八世君有雍己疑謂是也昔李公麟得古爵于壽陽紫金山腹有二字曰己舉王玠獲古爵於洛亦有二字曰丁舉字體正與此同按爵因獻酬而舉之故名曰舉禮記檀弓有杜舉

淮南故宮戈

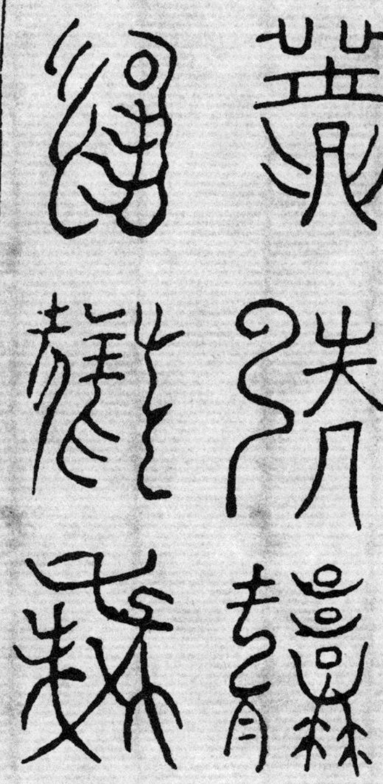

宋王黼宣和博古圖云新平張氏得戈於壽陽紫金山漢淮南王之故宮以古弩機之度度之刃廣寸半內長四寸胡長六寸援七寸半胡有銘各六字蟲鳥書黃金文

淮南王印子金

李石續博物志印子金世傳淮南王安藥金上有印子篆文劉主字壽州八公山土中耕者往往得之小餅重半兩有一印大餅至七兩有二十許印　沈括夢溪筆談壽州八公山側土中及溪澗之間往往得小金餅上有篆文劉主字世傳淮南王藥金也得之者至多天下謂之印子金是也然止於一印重者不過半兩而已鮮有大者予嘗於壽州漁人處得一餅言得於淮水中凡重七兩餘面有二十餘印背有五指及掌痕紋理分明傳者以爲泥之所化手痕正如握泥之迹襄隨之間故舂陵白水地發土多得金麟趾空中四旁皆有文刻極工巧趙飛燕外傳帝窺趙昭儀浴多裒金餅以賜侍兒私婢殆此類也　李兆洛云此金今見者絕少予購之數

年僅得一枚故摹其文於志以貽來者印方二分許厚可三錢四旁皆有鏨鑿痕重十銖文蒸卯之省金盃金之省右從邑劉本地名從刀者當是後來附會而成訛主字上从日似□字方幅窄狹字不能分明耳自右至左讀之當云主劉續博物志夢溪筆談均以爲劉主古刻印文縱橫可通也

信平君墓甎

[篆文]癸亥信平君之墓甎 文曰癸亥信平君之墓甎長尺一寸溥四寸厚寸有十分寸之七

李兆洛云此廉將軍墓甎也史記正義曰廉頗墓在壽州壽春縣北四里太平寰宇記引古今冢墓記云廉頗葬於肥陵午龍原肥陵即今北山矣趙以尉文封將軍爲信平君後雖爲楚將未有封爵故其葬也仍趙之封予來鳳臺即求將軍之墓而土人所指無定處數年始約畧其地樹碑而表之豈將軍之墓竟已不保乎此塼何爲見于世按癸亥歲秦始皇八年趙悼襄王七年楚考烈王二十五年也將軍以悼襄王元年丙辰奔大梁居梁久之楚陰使人迎焉一爲楚將無功而卒于壽春楚以庚申歲徙都壽春是歲楚爲約縱長率五國兵伐秦至函谷敗還一爲楚將無功或即此時考烈王以二十五年薨李園殺春申君國大亂將軍之卒當在王薨前葬故無闕或曰古不以干支紀歲癸亥葬之日也古文言从[篆文][篆文]蓋[篆文]之省癸字上甎質小損似向有二字文特瑩潤精

深惜墓字漫滅不全蒼籀遺法自石鼓而外復得見此真三代之遺也

漢建元磚

建元二年紀 文曰建元二年孫氏[illegible]長不可計博厚一寸三分

建元乙巳李氏 文在兩端備列一端曰建元乙巳以隸書一端曰李氏篆書長博厚一寸三分

李兆洛曰建元紀號凡五漢武帝後漢主劉聰晉康帝秦主苻堅蕭齊高帝也後漢及秦地皆不至壽春晉康齊高皆無乙巳此磚字畫甚古其爲漢甎無疑乙巳建元之五年也孫李蓋當時造甎者

元光甎

元光 文曰元光甎破碎長博不可計厚寸有半寸

漢武建元七年改元元光甎殘缺特甚僅餘一角文亦平漫畧可辨識稍剜剔之始任摩搨然非其真矣

元朔甎

元朔元年卓氏 文曰元朔元年卓氏在甎端一端繪斜方格錯點于格間其一端一面無文長八寸半博四寸半厚一寸半

李兆洛曰紀元始漢武首建元改元元光再改元元朔而今甎字皆有之抑奇矣文隱起處細如絲縷而瑩潤精湛與信平君墓甎相似非他甎所及也小篆自說文以前見金石者惟秦

權及泰山殘碑耳瓦當諸文多係繆篆非正格此則結構筆勢與說文一一脗合漢初文字藉此可得梗槩豈非考古之助　淮南王安以建元二年入朝歸而有異志元光元朔間正其折節下士養賓客數千人之時也一時泥塗瓦礫俱蒙榮造被之文字可以想見風采矣

始元瓦

始元六秊　文曰始元六年在瓦端横列瓦質下廣上殺下端博寸上端博長厚一寸

李兆洛曰第一字殘缺偏旁女字可辨蓋漢昭[illegible]元六年也

章武甎

章武二年乐鉊作

李兆洛曰正陽鎮有劉備關羽張飛三城俗以爲先主依袁術時居此此所築考諸史則先主未嘗至壽陽蓋傳訛耳至其卽位于蜀此地屬曹魏不當用漢紀年此塼紀章武殊不可解或從異地流轉至此耳

晉泰始甎

泰始十秊　陳農　一側文曰泰始十年一端文曰陳農其一端一側爲闌干文闌文[illegible]九寸二分博四寸二分厚寸五分

李兆洛曰泰始晉武帝年當吳鳳皇二年時陳騫鎮壽春陳農或是督將名　篆書寬博渾厚漢魏諸碑碣中所未嘗有也而乃施之瓦甓間古之工書而名不傳者多矣

壽始十年陳異 此甎文小異

壽始十年 此甎無陳異字兩端皆爲圓文

晉咸甯甎

咸寧五年八月壽春擇民丁川塼 文曰咸甯五年八月壽春擇民丁川塼文在塼端甎中斷長不可記博四寸長半之

李兆洛曰武帝泰始十一年改元咸甯五年吴天紀三年也咸甯三年陳騫入朝四年王渾鎮壽春咸甯五年帝決意伐吴會安東將軍王渾表孫皓欲北上邊戍皆戒嚴其明年晉滅吴矣蓋皆當時築城置戍所用

太康塼

太康七年壽春舍人謝殼塼 文曰太康七年壽春舍人謝殼塼在塼側一端爲圓文背繪三泉形繞泉爲四出文長九寸博厚一寸有十分寸之三

孫堯民云此塼得之正陽四望亭側舍人本秦置東宮官名魏又置中書舍人至司馬昭爲相國府中置主簿舍人晉武咸甯初制諸將軍及光祿大夫開府者皆爲位從公加兵者增置舍人四人則此舍人蓋開府壽春者之舍人也其府壽春舍人猶淮南文學廣陵度支矣太康元年王渾還征東大將軍鎮壽陽二年揚州刺史周祇移鎮秣陵以後不詳何時還鎮壽陽晉書周浚傳武帝時以平吴功封成武侯移鎮秣陵後代王渾爲使持節都督揚州諸軍事安豐將軍則太康

七年周浚鎭壽春也

元康塼

元康四年文曰元康四年一側爲曲海文下半斷缺長不可計博四寸半厚一寸三分寸之一

李兆洛曰漢武晉惠皆以元康紀元又皆有四年此塼質極密緻所見凡三枚一則予寓報恩寺西舍舍後修井于井中得之者皆止上半截水經注云肥水經元康城西北流又云肥水北注舊瀆之橫塘爲元康南路馳道按其地當在今八公山下肥水北曲處遺址久廢城當是元康年築故以元康名其城并其城外之馳道耳晉平吳之後徙吳大將戰亡之家于壽春太康十年以濮陽王允爲淮南王假節之國允沉

毅有威望元康中正其在國時城或即是時所築又晉書五行志元康四年四月淮南壽春洪水出山崩地陷壞城府或是時因城府陷壞特興板築也余所見諸甎元康獨多蓋皆晉物矣按晉書惠帝紀元康四年夏五月淮南壽春洪水出云云五行志不載李引誤

元康年八月一日剌国文曰元康年八月一日剌匡其一側中爲圓文旁爲陽文記端皆爲圓文長尺博四寸半厚一寸八分

李兆洛曰此甎不紀年數予禱雨黑龍潭龍神廟之右爲資壽寺壁間多甃此甎問寺僧何由得之僧云寺之前有武相傳爲老龍王廟圮爲土阜十餘年前老僧發此阜得甎因以甃壁尋爲甃新壁而易之凡得百餘枚皆斷碎此其僅完者

乃得之旁民舍竈瓴上

元康五年八月廿日張 文曰元康五年八月廿日張其一側兩端爲半圓文中錯丁字文其一端爲圓文長八寸半博四寸厚一寸半

元康五年八月廿日張穆作 文曰元康五年八月廿日張穆作一側爲半月文間以乳文長九寸博四寸厚一寸半

右甎紀元康者凡四種皆當是元康城塼也

永嘉甎

陳奉車以晉永嘉二季元祿泰歲在 文曰陳奉車以晉永嘉二年不祿泰歲在下斷一側爲重彎方勝紋亦不全長不可計博五寸厚一寸半

李兆洛曰漢書百官公卿表奉車都尉掌御乘輿車秩二千石魏晉以來仍之懷帝永嘉二年太歲在著雍執徐漢冲帝亦改元永嘉而無二年甎文自端繞側書之端文止永字側文在字下斷缺其文以正書法而反書于范故字正而筆勢仍反遂覺離披難辨

永和甎

永和八年造 文曰永和八年造在甎端一側爲方勝紋間以交紋三長八寸五分博三寸二分厚一寸三分

李兆洛曰晉穆帝永和八年殷浩上疏請北出許洛詔許之以安西將軍謝尚北中郎將荀羨爲督統進屯壽春三月姚襄帥衆歸晉單騎渡淮見謝尚于壽春六月謝尚姚襄共攻

張遇于許昌秦王健遣東海王雄平昌王菁帥步騎二萬救之戰于潁水之誡橋尙等大敗奔還淮南殷浩聞尙敗退屯壽春時壽春蓋岌岌多事矣

太元甎

大元七季八月一日壽春舍人謝

文曰太元七年八月一日壽春舍人謝其

一側與背面文俱與太康謝毅塼同長博亦畧相等

李兆洛曰右甎孫氏得之甚夥文皆漫漶參互數甎乃可讀太元東晉孝武紀年時平虜將軍徐元喜鎮壽春通典江左以來諸公皆置主簿舍人二八諸將軍開府者皆位從公故亦得置舍人也太康時有壽春舍人謝毅此舍人亦謝姓聞府辟士皆敢當州之賢謝固壽春之望耶惜其子孫頗微譜牒莫之考也其明年苻堅陷壽春謝安石遂有肥水之捷

中軍督甎

口康元年八月口日中軍督謝家作埯

文曰口康元年八月口日

中軍督謝象作塼長九寸博半之厚十之一

李兆洛曰兩晉以康紀元者元康太康而外成帝有咸康此塼康上一字缺不知何代也通典晉制驃騎衛將軍伏波撫軍都護鎮軍中領四鎮龍驤典軍上軍輔國等大將軍開府者皆爲位從公加兵者增置主簿記室督各一人蓋亦開府掾屬也此與兩舍人皆謝氏謝亦多賢矣

宋元嘉甎

元嘉廿六年歲次己丑尹氏 一甎文曰元嘉廿六年一甎文曰歲次己丑尹氏皆爲蔣花圓紋三而以小青間于花之隙一甎焉甫文極細密長尺而强博五寸而弱厚一寸有半

李兆洛曰宋文帝元嘉二十六年帝銳意經略中原時豫州刺史南平王鑠鎮壽陽聞魏主將入寇帝勅淮泗諸郡若魏寇小至則各堅守大至則拔民歸壽陽明年魏永昌王仁敗劉康祖于尉武遂圍壽陽鑠嬰城固守未幾而解甎繪畫致華藻當是民間以飾第宅者

大明甎

大明六年太歲

李兆洛曰此磚文不全大明劉宋孝武紀年也六年太歲在元默攝提格

明二年 文曰明二年與前塼皆反書

李兆洛曰文與大明六年磚相似當亦大明甎

北魏正光甎

正光二年田甯陵墓 文曰正光二年田甯陵墓文在側描列下侈而上窄一端博一端博

長一尺一寸四分上顯繪菊花紋一

李兆洛曰北魏孝明正光二年梁武帝普通六年也時魏揚州刺史長孫稚鎮壽陽是歲梁豫州刺史裴邃欲襲壽陽陰結壽陽民李瓜花等爲內應稚覺之而敗

隨開皇甎

開皇元年造作 文曰開皇元年造作左行范反也甎殘缺長博不可計厚寸二分

李兆洛曰隨開皇元年陳大建十三年也大建十一年周革寬拔壽陽江北之地盡入于周隨書賀若弼傳弼仕周爲壽州刺史又長孫平傳尉遲迥王謙司馬消難稱兵內侮高祖深以淮南爲意時賀若弼鎮壽陽恐其懷二心遣平馳驛往代之弼果不從平麾壯士執弼送于京師又元孝矩傳高祖受禪拜壽州總管賜璽書時陳將任蠻奴等屢寇江北復以孝矩領行軍總管屯兵江上事皆當在開皇元年

唐咸亨甎

咸亨四年 文曰咸亨四年甎存其半文在端旁多剝裂

李兆洛曰咸亨唐高宗年

長壽甎

長壽二年四月廿日處士皇甫口墓 文曰長壽二年四月廿日處士皇甫口墓一端爲花葉文長尺博三寸半厚一寸半

李兆洛曰長壽唐則天后年年月日皆從則天新造字處士惜軼其名不則可與讀書樓孝感泉並不朽矣 今按新唐書則天后紀長壽二年臘月封皇孫成器爲壽春郡王

朱君甎

口右尉朱君口

李兆洛曰應劭漢官曰大縣丞及左右尉所謂命卿三人小縣一丞一尉命卿二人又曰雒陽孝廉左尉四百石孝廉右尉四百石續漢志尉主盜賊通典曰漢制諸縣尉皆銅印黃綬朝服武冠江左止單衣介幘而已爵秩大縣故有左右尉漢時丞尉多以本郡人爲之此朱君蓋亦鄉邦之賢後漢令長相史碑碣多稱君西漢無此比魏以後亦尟則此當亦漢甎也

關內甎

部曲將關內矦吳造

李兆洛曰宋書百官志漢東京大將軍驃騎將軍等領兵外

討則營有五部部有校尉一人軍司馬一人部六有曲曲有軍候一人其餘將軍制以征討者亦有部曲司馬軍候以領兵馬自魏以後不聞有此在唐則爲虞候子將捉生之屬秦二十爵十九爲關內侯晉則以關內侯爲虛秩列第六品宋曰關中侯以後則爲開國五等勛封矣漢時關內侯卽不復爲部曲將此當在魏晉閒

司馬甎

李兆洛曰司馬亦軍府掾屬也宋書百官志司馬本秦官晉趙王倫爲相國置左右長史司馬從事中郎江左以來諸公

領兵者置司馬一人加祟者置左右長史司馬從事中郎四人長史從事中郎主吏司馬主將公府司馬秩千石

任是壁甎

[illegible]是[illegible]壁

李兆洛曰字體在篆隸閒灑達秀勁壁謂壁壘宋史謂北山有淮南王舊壘亦其類也金石錄有漢陽朔四年尉府壺壁甎謂其字畫奇古隸續云西漢字見于彝器者皆篆文此甎畧有隸意審爾則是甎亦當爲漢物矣弟一字當是姓惜缺其半

陽俞甎

[illegible]陽俞氏

李兆洛曰弟一字不可識蓋地名俞其姓也篆體方正亦魏晉人之作 今按弟一字似壽字有泐文蓋壽陽俞氏所造塼也漢壽春縣東晉改壽陽此蓋東晉塼

鍾離甎

鍾離冢

李兆洛曰鳳陽古鍾離國也自漢迄元皆爲鍾離縣又以國爲氏故漢有鍾離昧鍾離意宋有鍾離儀然鍾離氏非此閒著姓此鍾離冢有氏而無名或族葬歟隸書雄厚兩漢之跡也

有氏甎

有氏

李兆洛曰晉以後作甎者如陳罴張穆之類皆著名此與建元之孫李同但著其氏隸極朴雅蓋亦漢時磚

儀元甎

　儀玄

李兆洛曰儀元義不可解而隸文古横非漢以後人所能仿佛今按漢有儀長孺秦大夫
有儀楚儀元或是人姓名

閤字甎

　閤甎一側仿佛有字一側爲半圓文一端有閤字長八寸博三寸半厚一寸餘

李兆洛曰甎端一閤字門字半殘側文甚模糊惟一日二字

略可辨王小鶴釋以爲太康九年

蔡平甎

　曰蔡平造

李兆洛曰文與元康諸磚相似或亦元康甎之殘也

賫倉甎

　賫倉

李兆洛曰賫上當更有字蓋倉廥之名或民間義倉以姓别之耶抑人姓名耶不可識矣

魯朝甎

　魯朝

李光洛曰此甎蘇童子元凱所得凡二枚童子孤窮秀惠頗能詩居濱淮地名大河灣淮之西涯即古趙步也魯朝嵩是作甎人姓名 贊倉甎文近篆魯朝甎文近隸俱古茂似魏晉人作

戊午甎

壯戊午口口作

李光洛曰在上缺歲字戊午下蓋作甎人姓名漫滅不可辨遂不能與陳匡張穆並傳 縣多故城址及積墓土人時時掘舊甎賣之予偶得秦始磚琢爲硯以詑邑人邑人孫氏遂出貲購之竟得數十種上自戰國下訖唐宋文悉古雅惜哉沈埋摧剝之久其僅存者已無幾矣而猶班班若是昔洪氏釋隸趙氏錄金石竝列漢魏磚非徒以其物之古抑文字實可愛重也故備摹而說之以參金石之遺

漢三百有五碑 分書

明萬歷宿州志云碑文分書在相山祠內今佚

漢辟長卿傳魯詩處碑

萬歷宿州志云在相城內中元寺長卿初以魯詩授龔勝龔舍後以御史大夫東歸沛太守迎之界上沛人以爲榮縣其安車傳子孫今按碑已佚亦不知何時所立附錄於此

桓君山藏書處碑

萬歷宿州志云漢成帝以桓譚藏書多待詔門下時諺曰挾
桓君山之書富於猗頓之財相傳今藕花墅即君山藏書遺
址立石識之今按石已佚亦不知何時所立附錄於此

晉太康五年相山廟銘

宿州志云晉沛國令郭卿撰今石已燬

晉丹陽尹劉公碑

萬歷宿州志云在天馬山劉公故鄉按劉惔沛國相人見世
說新語又見隋書經籍志今碑文已佚

宋武帝紀功鼎

鼎錄宋王劉裕晉永初三年從秦中還紀功鑄一鼎於九江

其文曰沸泰洛伏大漢古篆書

壽州志云武帝於晉安帝義熙十二年伐秦恭帝元熙元年
徙鎮壽陽二年四月入輔六月受禪自是武帝不至壽陽永
初乃宋紀年是時武帝已稱帝不得仍稱宋王虞荔梁人去
晉宋時未遠何以舛誤如此以今考之此鼎之鑄當在義熙
元熙間也

宋司空劉勔廟碑

水經注芍陂瀆東有東都街街之左道北有宋司空劉勔廟
碑宋元徽二年建於東鄉孝義里廟前有碑是年碑功方刱
齊永明元年方立沈約宋書言泰始元年豫州刺史殷琰

反世帝假勳輔國將軍討之敬珉降不犯秋豪百姓來蘇生
爲立碑文過其實建元四年故吏顔幼明爲其廟銘故佐麗
珽（又作珽）爲廟讚夏侯敬友爲廟頌並坿栞於碑側今皆無存

八公山劉安廟碑

水經注云齊永明十年所建

梁壽陽八公山廟碑

梁書壽陽八公山廟碑刺史蕭遥昌立主簿裴邃爲文今佚

裴之横墓志（徐陵撰見徐僕射集）

隋大業中天藏寺斷碑

寺在相山後背石壁上佛象天然不假彫刻又名石室見萬

歷宿州志

唐壽州紫極宮記

考槃餘事壽州紫極宮記王維書今佚

孝門銘（柳宗元撰見唐文粹）

文曰壽州刺史承思言九月丁亥安豐令臣某上所部編戶
甿李興父被惡疾歲月就亟興自刃股肉假託饋進其父老
病已不能啖啜經宿而死興號叫撫臆口鼻垂血捧土就墳
霑漬涕洟遂於墳左作小廬蒙以苫茨伏匿其中扶服頓踊
晝夜哭訴孝誠幽達神爲見異廬上産紫芝白芝二本各長
一寸廬中醴泉涌出奇形瑞狀應驗圖記此皆陛下孝理神

化陰中其心而克致斯事謹按興匹庶賤陋循習淺下性非文字所導生與耕耨爲業而能鍾彼醇孝起出古烈天意神道猶錫瑞物以表殊異伏惟陛下有唐堯如天如神之德宜加旌褒合於上下請表其里閭刻石明白宣延風美觀示後祀永永無極臣昧死上請

銘曰懿厥孝思茲惟淑靈稟承粹和篤守天經泣侍羸疾默禱陰冥引刃自嚮殘肌敗形羞膳奉進憂勞孝誠惟時高高曾不是聽創巨痛仍號於蒼明捧土濡涕頓首成墳陷膺腐胝寒暑在廬草木悴死鳥獸踟躕殊類異族亦相其哀肇有二芝孝道爰興克修厥猷載籍是登在帝有虞以孝蒸蒸仲

尼述經以敎於曾惟昔魯侯見命夷宮亦有考叔寐莊稱純顯顯李氏實與之倫哀嗟道路涕慕里鄰邦伯章奏稽首懇懃上動帝心旁達神明神錫祕祉三秀靈泉帝命薦嘉亦表其門統合上下交贊天人建此碑號億齡揚芬

唐壽州嚴公墓誌

唐壽州缺三字言嚴公墓誌布衣王茲撰

公諱密字元之其先天水嚴氏之後父缺三字祖諱進不仕公缺二字長沙秦氏公無昆仲片玉獨美貞松一枝氣惟竦而直言惟約而至以此而居祿凡五十年齡壽凡六十六中以敬而仕內以謙而履無易言無載諾無變其節無反其理府人

謂之忠厚邑人謂之君子至於討甥塞破戎虜例勇前兵名冠於首大中七年壽牧燉煌令狐公別奏公用答勞效則團練押衙管右一缺軍缺等將缺作坊修造使朝議郎檢校國子祭酒上柱國缺咸通四年秋九月疾於春申坊私第晨或云愈夕以云加功罔於醫昧爽於藥出缺三字以至終殁妻吳興姚夫人有子一人彥思衙前虞侯女一人禮歸隴西李泰公家世自秦州而歸於壽凡一百廿載噫彥思雨血不止有過其禮慟絕不已有傷其體明年秋八月中旬窆於壽東二里黃公鄉春申坊附先塋也丹兆俄飛涼缺隨入缺車何之虞泉以期公深友于茲故以誌之銘云公以素直而奉其國

公以勞謙而守其則六十六年齡算已得四十五載祿食無或一子紹嗣一女令德倏從臥疾禍不可尅幽泉是歸千古以默白楊愁人世人悲塞

唐頴州開元寺鐘 鐘在壽州署西宣化坊鐘樓巷口東畫甎韋上記石在寺側敷臺上知當日樓基明彭汝賢修壽州鐘樓記言唐長興間張節鎮造於頴州開元寺有二鐘相傳洪武初大水自頴州流來一入淝一止華林寺一止此語涉誕不可信

勑大唐頴州開元寺鑄鐘壹口重伍千斤

大唐頴州開元寺新鐘銘 并序

竭忠建策興復功臣金紫光祿大夫撿檢太保使持節頴州諸軍事守頴州刺史充本州團練使兼御史大夫上柱國清

河縣開國男食邑三百戸張廷蘊　鄉貢進士李璨撰

夫鐘爲聚器金曰從革懸於樂府可以諧八音弛之釋門可以福羣動凡立龍象例發鯨撞汝陰郡開元寺昔以兵革肆凌　本朝中否梵宇器具恒有闕焉未經劫火之災旱曠應霜之韻忽有頭陀可詢龢蓬以至振錫而來言曰具願鑄鐘必斯境也　遂次第行乞於里巷郡守　上言降　敕俞允追於朞歲勿庸　功是僝衆未孚器範弗具　郡主太保清河公稟維嵩氣桀授轂城兵書劍彩雄稜夜射星辰之色陂澄大量秋吞渤澥之波以德禦姦以刑靜宄民如子養道若砥平莅政之餘益敬方外欲盛飭　佛廟壯觀軍城仍利修崇決在鼓鑄因自爲化首乃募得居士丁仲欽者金分義路玉瑩情田出愛浪於坦途指迷津於覺道能令曲俗皆務瞿因遂稽其謀特揆其事設法誘勸闔郡黎元賦入有差逾時畢集愚者怯於謀始賢者勇於樂成聚銅僅百七十鈞賜工過千萬數衆達屆雕水召諸傭工有匠人羅彥環博研其精先利其器歲在無點律中黃鍾撰盈數之辰揮鑪冶之鞴上民雲萃界跡仙梵沸騰良金合土以告功洪鍾垂簴而待扣不窕不摦載鏗載鏘海魚奮形蟠蛟震吼昔夏王爲山林不若率九牧以成鼎今　賴侯樹因果有利賦一境以建鍾聲聞于外則而民知啟禁福覃於遠則其罪停苦酸所貴乎

皇極之道克隆生聚之安大賴偉哉懿範無得而銘 立功
立事 惟英惟賢 華鍾既闕 灋器匪全 爲我蒸民
實彼良牧 爰募哲人 克崇景福 召乎冕氏 格于佛
宮 天地爲鑪 萬物爲銅 鯨鯢歕浪 蒲牢吼聲 樓
新鍏䆐 金奏嘈吰 昏明有序 塗炭停酸 鏗鏘獲利
銘樓永觀

長興三祀歲次壬辰十一月己卯朔十日戊子鑄 敎化頭
陁僧可詢 計度都維那丁仲欽 維那吳景 鑄鍾都料
羅彥璝 習維摩經僧元濬書

唐永徽元年相山廟碑 見宿州志

唐佛頂尊勝陁羅尼經石幢 正書

文剝蝕過多不錄 幢高四尺五寸六面面廣五寸字每面八行行字多少不齊

在鳳臺城北門內徼巡卒舍檐下有石柱高五尺許六面其巔市人置燈以照夜行者泥塗沾沒莫知其有文字也李兆洛爲縣令過其旁而異之因命工洗滌摹搨文雖剝蝕已甚尚約畧可識葢唐時經幢也佛頂尊勝陁羅尼經八字稍大了然可辨又垂拱三年四字亦未甚損壞筆意飛動極似薛少保 按壽州志云幢於同治丙寅經巡撫喬松年幕客移下報恩寺毗盧閣下已裂爲兩段

唐河東薛公墓銘

石高一尺三寸闊一尺四寸廿二行行廿四廿五字

文曰唐故絳州翼城縣令河東薛公墓銘從弟居晦撰唐開
成五年十一月二十四日絳州翼城縣令薛公寢疾歿於壽州
子陽里之私第享年七十九公諱贄字佐堯其先河東人也
爰自夏殷周三代錫珪分茅公侯相承凡六十一世後之秀
傑間出輝煌邦國時偁汾陰之上族譜牒詳焉曾祖諱德敏
京兆府富平縣丞王父諱據餘姚郡太守皇考諱洽滑州酸
棗縣令公生知之性聰聞元悟早年嘗謂同輩曰古之子弟
之禮孝愛端凝而何必讀書乃爲□人然則士資祿養務速
就業於是倍功懇懇專經登第其後自下蔡崑山翼城三領
大邑僉謂清儉變俗奸濫屏迹臨財無私於己異政著信於

人噫趨競絕心退讓俟時位不至高名不求顯親知共爲歎
憤夫人隴西李氏皇室系胄柔懿增輝河中少尹諱最之女
也不幸早歲凋落春秋四十九有子一人前魏州元城尉曰
元慶李夫人之出也動修禮義恭守素業全其生而大事克
備苦其身而諸孤獲安亦孝慈之本歟女五人二女早亡一
女適扶風馬宥宥良士也一女未及笄一女誓依釋氏公
以開成庚申歲十一月二十四日時叶蓍龜爰祔葬於下蔡
縣淮陽鄉戍家里大安原蓋舊里綿遠未遂歸葬從遺命也
銘曰條山際海洪河湯湯靈粹氤氳英髦騰芳翼城秉心守
道自強修辭遒經恥露鋒鋩賢哉夫人行滿六姻柔謙永保

錦綺非珍上善芬馥促齡酸辛淑德如何姬姜比鄰

下蔡鎮文殊寺僧廣寶于近寺溝中掘得此碑嵌置寺門外右垣上按史載唐文宗開成五年庚申此銘前偁開成五年十一月二十四日歿後載開成庚申十一月二十四日祔葬歿葬同日何促邪抑勒銘者失檢邪蕭景雲記

唐千佛寺殘碑

石已破碎可辨者上半截十八行下半截八行上下分六列其第四第六列不可辨

僧□□□□　僧元少一尊

僧節訓□□　僧元亮一尊

僧智□□尊　僧智新一尊

僧令□七尊　僧直璿一尊　堵德

僧□□五尊　僧儆招一尊

僧□□三尊　□慧深一尊　仇彥

□□□錢　□元□一尊　張十三

□□□尊　□智一尊　右第三列止存此數

□襃□□　僧師岸一尊　字

□□□□　僧□智一尊

□□巖三尊　僧□超□

□□□□　□□□□

僧□□二□　□懸豐□□

□□□三尊　□從憲□□

□□眞二尊　□□定□□

□□益□□　右第二列

□□□二尊

右第一列

□□□□□

□□一娘一尊　第四列止存尊三二字

□□一娘一尊　第六列止存一尊嗶三字

周十四娘一尊

□女□一尊

□□□□尊

□□□□尊

右第五列

蕭景雲曰嘉慶三年下蔡古城西門外百餘步繆氏村有八掘地得殘碑高四尺餘闊二尺餘有大唐國千佛寺數字字大寸餘多剝蝕末百餘字字大如錢皆僧名繼爲人擊碎尚存斷石一片高闊尺許字十餘行可識者七十二字筆力遒整似徐季海卧置繆氏村前小橋上往來蹂踐日就毀滅古物久晦靈光乍顯而復遭侮何不幸之甚耶又地中掘得數大柱礎彫盤龍形一存村中餘爲里人取去殆亦千佛寺礎

也　李兆洛曰蕭生爲余言此碑因使縣胥繆林取之林又於民舍得斷碑一片合其裂文相符又此碑下半節之半也因購問大唐千佛寺數大字所在云數年前居民毀其字以石售於富民甃諸垣中矣合兩石滌而墨之計可辨識者百二十有三字所刻字畫頗淺故漫漶如此碑之第一行尚存縣字書字并字蓋署書碑并書額人姓氏惜殘缺矣碑陰無字所謂大唐國千佛寺數大字當是此碑之額非一石也

吳廣平程公墓銘

大吳故
廣平程
公墓銘

在正陽鎮學宮正殿西壁下有石方一尺四寸四周列八卦以日月星象閒之中有文曰大吳故廣平程公墓銘

宋證悟禪師碑　正書

石高二尺三寸闊一尺三寸五分九行

文曰潁壽寺禪院第二代證悟政危禪師於此大宋元年庚中十月望日小師法敏法行法智法永法悅法聰法通法純法定法善法寶法珣法稟法□法明法文法祥法善法□法眞法堅法圓法慧法澄法登法宗法壽法雲法中法謹法際法才法海法深法遠法江法寬等在淮河東涯黑石潭蓮城

此處缺僧名有兩法善

李兆洛曰此碑在資壽寺門外東壁所謂大宋元年庚申蓋太祖建隆元年也據此則寺當建于唐而明湯辭所書資壽寺重修碑記乃云古資壽寺建于大宋寶祐間誤矣

天聖院佛會人名碑

石凡八枚皆高一尺五寸闊二尺四寸行字每石不等嵌塔中壁上

壽春縣仙犢鄉淹澗村疏首陳思政施錢二貫文省 崇義鄉張宗施錢一貫文省 仙犢鄉北趙村傅元施錢缺貫文省 仙犢鄉北趙村缺施錢一貫文省 仙犢鄉北趙村傅文景施錢一貫文省 仙犢鄉磚陵林一貫文省 仙犢鄉

淹澗村蔡翌施錢一貫文省、 仙犢鄉淹澗村缺施錢一貫文省 仙犢鄉淹澗村夏謙施錢一貫貫文缺 仙犢鄉淹澗村缺一貫文省 二關鄉子陽坊高濟施錢一貫文省 仙犢鄉淹澗村王缺 當縣永慶寺缺院執疏比邱德成施缺 缺賢施錢一貫文省 仙犢鄉倉陵村劉廸施錢缺貫文缺 缺村孫用施錢一貫文省 仙犢鄉秦墅村孟榮追薦考妣生界施錢缺貫缺省 缺秦墅村戴成施錢一貫文省 五明坊袁子璧術士馬士長施缺 缺唐規五百文 左史坊丁秀施錢五百文省 八仙坊胡銓與母親孫氏十三娘錢五百缺 雋造鄉廉公坊疏首任文緒施錢一貫文

省缺　長河船戶李知進施錢一貫文省　缺　安豐縣
望仙鄉王缺來遠鎮寄住劉守忠錢一貫文爲父母并亡過
缺　缺　錢五百文缺　安豐縣來遠鎮疏首張再旺施錢一
貫文省　缺　一僧缺　僧重江郭美趙成劉守忠缺董缺石
守忠張信缺興缺施錢五百文缺已上各五百文　仙犢鄉
井湖村疏首陳新缺政缺五百文　壽春縣疏首楊進爲母
親鄭氏十一娘施錢缺文缺　缺已上各一貫文　張榮張
政魏肇缺　缺上各缺錢五百文　壽春縣雋造鄉疏首謝
辰缺同鄉任能缺同鄉孫成同鄉胡守元同鄉曹進缺各缺
百文　第一會時天聖五載仲缺有五日顯缺　功德主僧

缺　副會首楊進　都會首皇甫淮
此右二十七行最剝蝕
疏首楚發　李顯　疏首石俊　張缺　疏首胡詮　缺
疏首任文緒　船戶劉氏四娘李臻　疏首許真　馬缺許
缺　張　母親許氏四娘缺　疏首高濬楊昂陳氏二娘孫氏
六娘周　王美辭顯朱政曹進軒缺南氏二娘班旺孫政繚
榮缺張氏大娘王仁美　疏首徐仙錢三貫文省　黃旺錢
五百　疏首八仙坊胡用并妻周氏十三娘缺見黑女共錢
缺貫文省　并缺內缺雋造鄉繆政錢一貫五百文金明鄉
陳仁缺捌百文胡顯錢缺百文崇義鄉王懷義缺錢一貫文

李辛錢五百文缺八仙坊缺錢五貫文秦缺疏首缺范
貴錢缺張檢缺佐史李缺佐史袁用缺佐史李質
錢缺佐史夏缺錢缺佐史壹缺佐史商缺姜忠錢
一貫姜智錢五百文湯興缺缺已上錢各五百文
雋造鄉許元錢五百文李緒朱缺楊興缺朱福
已上錢各五百文疏首張用之缺長壽鄉邵文缺缺
石缺壽春縣吳真錢一貫文省妻缺氏十三娘缺缺錢
伍百文疏首江真陳遂缺講經座主可徽錢缺陳
氏五娘錢五百文缺伯文疏首安豐縣王村姜饒錢一
貫爲薦父母疏首缺女弟子趙氏二娘與孫缺懷信施

錢缺都會首皇甫淮弟缺捨捨五百五十貫文缺蔡明
錢一伯貫省張學演錢五十貫文夏福錢五十貫缺錢缺
缺錢五十貫缺嗣缺李文辰錢三十貫缺恭錢五十貫張
信錢五十貫蔡賓缺貫缺錢缺貫缺三十貫李義三十貫
政二十貫王璘錢二十貫黃缺錢二十貫缺氏二娘
缺周缺女捨二缺寺藥師院僧文宗錢二十貫缺錢缺貫張
知進錢二十貫文陳琛錢二十貫文程顯錢一十五貫何
志錢一十五貫陳思政錢一十五貫高濬錢一十五貫黃曉
缺錢一十五貫張知進錢一十五貫缺一十五貫船戶攺成
一十五貫女弟子胡氏五娘并男缺明錢一十五貫張美錢

一十五貫缺眞一十五貫楊旺李缺旺一十貫缺欽十一貫
郭美一十貫崔缺一十貫侯缺陳缺十貫蔡文翌一十貫缺
一十貫趙文缺一缺黃守忠一十貫缺一十貫缺安一十貫
趙政一十貫王銓一十貫馬釗錢一十貫趙吉一十貫馬榮
一十貫缺一十貫崔旺一十貫韓旺缺貫劉廸一十貫知南
岳李缺捨木三十條船戶袁缺五貫缺徐習錢五貫缺捨米
五石缺食缺徐美徐亨捨手作齋食缺寶塔了缺
此石三十一行
缺疏首郭美　胡信　丁謙　船戶毆成　馬興　崔旺
張忠　吳遇　王義　蔡欽　缺錄事楊從政　押司錄事
范貴　佐史何文　佐史李祐　佐史夏規　商禮　知倉
理缺　知官王貴　謝隱　陳信　缺　馬光應　永壽館
王懷政　已上錢各一貫文省　佐史彭遂　佐史袁用
佐史胡慶　吉氏二娘　王氏七娘　王氏二娘　已上錢
各五百文省　當縣永慶寺藥師院主疏首僧德成錢一貫
文省　同院僧德賢　張再旺　并妻缺氏十三娘已上各
二貫　王重遇　戴成　朱珍　王璘　趙誠　胡氏五娘
王氏八娘　張進　缺　孟榮已上各五百文　缺　孫
用一貫文省　南氏二娘　班旺張政　缺榮　張氏大娘
王仁美已上各五百　永慶寺缺院主疏首僧文淑　徐

合仙　卜守貞　開肇　宇昌已上各五百文省　缺　康
缺　張式　缺　陳興　成萬　劉氏四娘　李展　韓志
夏謙已上錢各五百文省　仙犢鄉疏首張詮錢一貫文省
馮氏二娘錢一貫文省　南贊　缺　缺　昇各五百文省
疏首八仙坊胡詮　八仙坊唐旺　楚榮　李顯　劉氏
五娘　市內坊陳遘　屈熙　徐興　船戶劉氏十四娘
佐史坊李臻　胥政　劉進　安豐縣懷思用朱懷德　缺
殁故弟　缺　身世吉　缺　楊昇　陳氏一娘　孫氏大娘　周
謹蒔顯　朱政　王美　曹進　軒讓已上錢各五百文
二閭鄉子陽坊疏首高誠　王仁美　仙犢鄉北趙村吳守

忠朱氏七娘　崔氏一娘　曹氏一娘　瞿德誠　丁旺已
上各五百文省　疏首石俊　丁秀　張守忠　許眞　許
世艮　許氏四娘　朱緒已上各五百文　永慶寺藥師院
疏首比邱德成　德賢　缺　興　缺　眞　缺　唐旺已上各
五百文省　雋造鄉東臺坊疏首謝辰　同鄉慕舜　同鄉
謝孚　同鄉崔克明　同鄉謝戩　缺　壽州城南廂王誠
安豐縣王懷英已上各錢一貫　安豐羅漢院僧文旻錢五
百文　仙犢鄉池澗村疏首陳思政　張美　陳忠　崔懷
政高濬已上各錢五百文省　缺　竹眞　蔡氏七娘　蔡進
張氏七娘　朱氏三娘　劉氏七娘　許氏五娘　王再

榮　吳志　賀旺　高志　王氏十六娘　任緒　許眞　高
志　崔氏大娘　朱遇　王缺　賀旺　左懷　宋氏十娘
蔡氏七娘　蔡氏十八娘　屈氏十九娘　劉緒　楚榮已
上錢各五百文省　仙犢鄉秦墅村疏首張用芝　陳遂
馮美已上各五百文省缺　王敏錢五百缺　李仁矩　胡
興　唐旺　胡詮　張氏二娘　彭彬　樂維辛　南辛
張氏十四娘已上錢各五百文省　楊進　高元濬　孫用
朱氏十二娘　魏紫　胡成　胡詮　屈煦　馬士長已上
錢各一貫文省　仙犢鄉缺村王璘　韓守忠　張文素
馬釗已上各一貫文省　侯政　劉旺各錢五百文省缺

節級范榮　張煦　張忠　王眞　常忠　陳缺　黃儲
張遇　周恕　李缺甯　孫旺　楊興　八仙坊胡胡用　夏
邁　葉貞　儲清缺政　李義缺氏一娘　張宗
張眞已上錢各五百文省　霍邱縣孝義坊疏首許缺文
誠　貲信　李德均母親謝氏十四娘已上各五百文省
胡可能并許氏錢五百文　壽州永安門外朱方并妻虞氏
十二娘施錢一貫文省　王昱追薦亡妻衛氏十二娘一貫
文
此石三十行按多重姓名者爲會施錢非一次
眘申坊密懷遠缺缺五娘捨錢一貫五百文省爲缺天界

缺 疏首王敏爲母親 缺 乞早生天界施錢一貫文并妻馮
缺 鄭氏八娘共施錢一貫爲追薦婆黄公鄉馬懷義陳秀
金明鄉劉氏一娘子陽坊丁氏二娘已上錢 缺 亳州定遠
縣千秋鄉盧塘鎮陳 缺 福錢一貫省淝泉鄉 缺 氏十二娘五
百文雋造鄉秦 缺 八仙坊唐贇并妻楊氏十九娘五百文
八仙坊胡浩并妻王氏五娘 缺 金 缺 捨 缺 貫 缺
疏首李質爲父母捨錢一貫文李欽錢一貫 缺 選錢一貫 缺
李 缺 一貫文爲父母李 缺 錢一貫爲父母李表錢一貫爲父
母李全錢 缺 貫爲父母李 缺 一貫爲父母二閻鄉陳承矩并
妻周氏十二娘各捨錢一貫 缺 黯爲父母錢一貫文金明鄉

缺 甯錢一貫爲父母 東臺坊李成與母親謝氏十四娘并
妻阮氏十二娘共捨錢一貫文省 雋造鄉 缺 坊疏首謝晟
錢一貫文省爲父母 春申坊謝 缺 隱并妻 缺 氏十二娘共
錢一貫五百文省 胡陂村謝 缺 錢一貫省 謝黯錢一貫
文省 謝從錢一貫文省 慕喆錢一貫文省 北蔡村 缺
銓錢 缺 李文秀錢一貫省 東臺坊李守志并妻朱氏 缺
捨錢一貫文省 壽州城南女弟子 缺 氏 缺 公 廬州合淝
縣神龍村輔文顯并輔戾共錢一貫文足 禮泉鄉郭家庄
陳求錢一貫文 缺 惟清錢一貫省 李惟成并妻項氏錢
一貫文 萬載鄉同柱村張 缺 一貫省 王潛錢一貫省

王再成缺　戴氏二娘謝氏一娘一貫省　石元并弟石重
吉共錢一貫省　樊元并妻劉氏共錢一貫文省　李缺錢
缺　李氏三娘缺　王承矩　李氏一娘　李超　李氏一
娘　黃公鄉西艾村夏貢戴成　胡陂村謝海　謝缺　謝
侃　張缺　張洪吉　崔元吉　李文通　謝坦　呂表
北蔡村胡表　陳進　南蔡村缺元吉　缺　黃旺　馬矩
李氏六娘　東缺　村陳守詮　房廸　文缺　楊俊　謝洪
謙　五明坊李委　張氏缺　禮泉鄉郭家庄陳缺　缺仁
矩　橛澗鎮韋謙　劉氏一娘　缺　河塘村韋方施錢五
百文省　韋重旺施錢五百文　王釗施錢五百文省　安

豐縣來遠鎮女弟子缺　錢五百文省　朱氏缺　娘錢五百文
省　缺　氏四娘五百文省　馬缺　馬氏十一娘錢五百文
省　屈氏四娘錢五百文省　曹氏缺　娘錢五百文　缺　安
豐縣金城鄉弟子胡缺　遷施錢一貫文省　陳氏二娘施錢
五百文　望仙鄉王村趙懷智施錢一貫文省　連理鄉程
文際缺　貫文省　高豐鄉胡元施錢五百文省　永甯鄉篤
信錢五百文　長壽鄉三溝村高懷新施錢一貫文　甯展
緒施錢五百文　缺　環施錢五百文　長壽鄉三溝村甯文
貞施錢五百文省　甯與施錢一貫文省　缺　化首前押
司錄事楊從政施錢一貫文奉爲造鷹缺　生天界李缺　南

爐鎮酒稅缺鎮缺止錢一貫文省　南盧鎮朱尅明施錢二貫省　南盧鎮酒缺李缺施錢缺貫文省　南盧鎮李重旺施錢一貫文省　南盧鎮施德施錢缺貫文省　南盧鎮劉仁密施錢一貫文省　南盧鎮劉興缺貫文　史源鎮王誠施錢三貫千省　史源鎮賈懷缺施錢三貫文省　橛淵鎮女弟子朱氏錢缺貫文省　缺　史源鎮張文景施錢缺貫文省

此石三十三行按此石有書一貫文足者實數也凡言省者虛數也

壽州安豐縣棲䣙鄉竹子村疏首朱福并妻陳氏一娘同施錢二貫文省　缺　棲䣙鄉竹子村張美施錢一貫文省　棲䣙鄉竹子村朱饒施錢一貫文省　棲䣙鄉竹子村彭真施錢一貫文省　棲䣙鄉竹子村王饒施錢一貫文省　棲䣙鄉竹子村彭榮施錢一貫文省　棲䣙鄉竹子村李懷真施錢一貫文　棲䣙鄉秦墅村缺遇施錢一貫省　壽州壽春縣長壽村闌城村疏首缺　長壽鄉闌城村張仲萬施錢一貫文省　并男姪張貴施錢二貫文省　長壽鄉缺一貫文省　長壽鄉三溝村陳達施錢一貫文省　長壽鄉三溝村缺真施錢一貫文省　長壽鄉三溝村李海施錢一貫文省　長壽鄉三溝村李真施錢一貫文省　長壽鄉闌城村缺政施錢一貫文省　長壽鄉缺夏真施錢一貫文省　長

壽鄉闈城村劉缺施錢一貫文省　壽州伍明坊萬欽施錢
一貫文省　缺　施錢一貫文省　長壽鄉闈城村劉缺施錢
一貫文省　壽州下蔡縣永安門外草市內疏首丁旺爲追
薦父母早生天界施錢一貫文省　仙犢鄉井湖村張旺施
錢一貫文省　仙犢鄉井湖村程缺施錢一貫文　仙犢鄉
井湖村蔡澤施錢一貫文省　仙犢鄉井湖村馬美施錢一
貫文省　仙犢鄉井湖村朱榮施錢一貫文省　仙犢鄉井
湖村夏眞施錢一貫文省　仙犢鄉井湖村趙贇施錢一貫
文省　仙犢鄉井湖村陳珍施錢一貫文省　仙犢鄉井湖
村張恭施錢一貫文省　仙犢鄉井湖村傅淮施錢一貫文

省　左史坊丁秀施錢一貫文省　仙犢鄉井湖村朱旺施
錢一貫文省　仙犢鄉井湖村程顯施錢一貫文　長壽鄉
張萬施錢三貫文追薦先祖　壽春縣崇義鄉金明坊疏首
郝成施錢一貫文省　崇義鄉金明坊缺施錢一貫文省
崇義鄉金明坊女弟子祖氏六娘施錢一貫文省　馬逍鄉
左史坊呂謙施錢一貫文省　疏首馬義錢一貫　喬忠
崔明　胡缺　缺　永慶寺消災院比邱清素施錢一貫文
省　張萬施錢一貫文省　缺　甯院行者自超施錢一貫文
省乞過去先生天界　馬義妻缺氏大娘施錢五百文省
壽春縣仙犢鄉張直村疏首狄政施錢一貫省　仙犢鄉張

直村朱遇一貫省　仙犢鄉張直村馮用一貫省　仙犢鄉
張直村盧政施錢一貫文省侯勍馮隆名一貫文省　仙犢
鄉石墅村馬缺施錢一貫文省　長壽鄉閆城村劉缺施錢
一貫文省　仙犢鄉石墅村董瓊施錢一貫文省　董顯施
錢一貫文省　安豐縣禮教鄉東趙村疏首常濬施錢一貫
文省　禮教鄉東趙村劉祚施錢一貫文省

此石三十一行

壽州壽春縣春申坊疏首王敏爲父母施錢一貫文省小缺
一石　春申坊缺疏首密超施錢一貫文省小麥一石爲追
薦父母缺　黃萬鄉西艾村趙用施錢一貫文　春申坊缺
文缺省　金明鄉東閻陂村賈忠爲父施錢一貫文省　春
申坊劉缺錢一貫文省　雋造鄉北蔡村張明爲父施錢一
貫文省　黃萬鄉馬懷義施錢一貫文省小麥一石　黃萬
鄉高方村彭進施錢一貫文省　黃萬鄉高方村缺守貞爲
父母施錢一貫文省　東臺坊高進施錢一貫文省　左史
坊缺貫文省　左史坊耿美施錢一貫文省　子陽坊張欽
施錢一貫文省　金明坊蔡守信施錢一貫文省　子陽坊
趙罕施錢一貫文省爲缺　金明坊戚用施錢一貫文省
缺坊陳遘施錢一貫文省東臺村缺坊秀施錢一貫文省
伍明坊馮政施錢一貫文省　車公坊趙昇施錢一貫文省

左史坊缺　崇義鄉丁緒施錢一貫文省　缺　崇義鄉楊興施錢一貫文省　缺　東臺坊田俊爲父母施錢一貫文省　缺　淝泉鄉李福施錢一貫文省　缺　八仙坊胡用妻周氏十三娘施錢一貫文省　缺　八仙坊樊眞一貫文省　缺　父母施錢一貫文省　淝泉鄉泉水庄李用爲亡過父母施錢一貫文省　東臺坊缺　追薦父周施錢一貫文省

壽州開元寺石經院比邱缺　施錢一貫文省報答生身父母

車公坊孫邑所爲自身施錢一貫文省　八仙坊樊眞施錢一貫文省　第二會黃萬鄉春申坊疏首母親母氏十娘施錢一貫文省　黃萬鄉東臺坊陳問爲父母施錢一貫文省

五明坊缺　鐵八陳遇錢一貫文省　雋造鄉陳安追薦父母施錢一貫文省　春申坊謝文俊妻胡氏十二娘施錢五百文省　崇義鄉管謙施錢五百文省　崇義鄉楊興施錢五百文省　八仙坊樊眞施錢五百文省　謝文俊錢一貫文省　胡氏十二娘　李遂眞王再興　已上各錢五百文省　春申坊疏首甯超爲追薦父母早生天界錢五百文西城坊張守忠爲父母施錢五百文省　西城坊女弟子杜氏十一娘爲自身施錢五百文　甯超　甯氏十三娘　張守忠　石俊李氏　西城坊女弟子劉氏十三娘爲自身錢五百文　十一娘　張氏十二娘　王氏十一娘　已上各錢

于百文　車公坊孫岳爲自身施錢五百文省　車公坊曹
遇施錢五百文爲父母　甥造鄉女弟子田氏六娘施錢五
百文省　車公坊女弟子密氏十三娘爲父母施錢五百文
省

此石三十二行

壽州壽春縣崇義鄉金明坊疏首楊進施錢一貫文省　崇
義鄉金明坊楊欽施錢一貫文省　子陽坊高志施錢一貫
文省　子陽坊張拯施錢一貫文省　子陽坊萬缺施錢一
貫文省　八仙坊左遵施錢一貫文省　八仙坊馬規施錢
一貫文省　八仙坊胡詮施錢一貫文省　伍明坊張政施

錢一貫文　八仙坊唐旺施錢一貫文省　市內坊楚成施
錢一貫文省　伍明坊魏肇施錢一貫文省　長壽鄉陳信
施錢一貫文省　金明坊張榮施錢一貫文省　子陽坊張
缺并母親缺氏十二娘缺　壽州縣東臺坊疏首胡詮施錢
一貫文省小麥一石　萬顯妻魏氏十三娘缺仙犢鄉張直
村南辛施錢一貫文省小麥一石　仙犢鄉北趙村樂缺施
錢一貫文省小麥一石　仙犢鄉北趙村樂維元施錢一貫
省　伍明坊袁秀施錢一貫省　東臺坊女弟子霍氏十二
娘施錢一貫文省　東臺坊彭彬施錢一貫文省　東臺坊
劉缺施錢一貫文省　東臺坊女弟子王氏六娘錢一貫省

金明鄉劉卿施缺貫省　李在錢一貫文　壽州壽春縣仙犢鄉秦墅村疏首蔡德明施錢一貫文省　缺妻楊氏三娘施錢一貫文省　仙犢鄉秦墅村蔡賓嶼施錢缺省　仙犢鄉秦墅村缺施錢一貫文省　仙犢鄉秦墅村張文演施錢缺貫文省　仙犢鄉缺氏二娘施錢一貫文省　長壽鄉三溝村范政施錢一貫文省　同鄉缺楚環杜均已上錢各一千文省　淝泉鄉廉公坊缺施錢缺文省　范祚錢三貫文追薦先祖　壽春縣仙犢鄉北趙村疏首陳新錢一貫文省　仙犢鄉北趙村陳萬周政房美夏懷缺傅斌韓吉侯義彭福傳元卜真已上各施錢一貫文　壽春縣仙犢鄉秦墅村疏首張忠施錢一貫文省　仙犢鄉秦墅村女弟子胡氏十五娘錢一貫文省　仙犢鄉秦墅村韓旺施錢一貫文省　同鄉霍榮宋重旺楊旺霍信各錢一貫文省　仙犢鄉北趙村張守謙仇進卞斌王缺黃元德缺毋親王氏十一娘各施錢一貫文省

此石三十三行

壽州壽春縣仙犢鄉石墅村疏首張缺錢一貫文省　缺錢一貫文省　缺錢一貫文省　仙犢鄉石墅村黃恭施錢一貫文省　缺錢一貫文省　仙犢鄉石墅村宋福施錢一貫文省　缺施錢一貫文省　仙犢鄉倉陵村女弟子卞氏缺

施錢一貫文省　來遠鎮草菴院主僧缺　缺錢一貫文省
壽州壽春縣仙犢鄉石墅村疏首李缺文省　仙犢鄉石
墅村左旺施錢一貫文省　缺石墅村李缺施錢一貫文省
仙犢鄉石墅村李守明施錢一貫文省　長壽鄉三溝村
馬贇施錢一貫文省　三溝村江員施錢一貫文省　長壽
鄉三溝村張政邵貴文缺甯遇已上各一貫省　仙犢鄉李
缺施錢二貫文省　壽州壽春縣仙犢鄉秦墅村疏首張月
施錢一貫文省　仙犢鄉秦墅村張缺萬缺各施錢一貫文
省　淹澗村夏榮錢一貫省　三溝村缺錢一貫文省　長
壽鄉三溝村缺錢一貫文省　長壽鄉三溝村邵濬施錢一

貫文省　邵德言　陳岫各施錢一貫文省　壽州壽春縣
仙犢鄉秦墅村彭缺過父母乞早生天界施錢一貫文省
仙犢鄉秦墅村趙政施錢一貫文省　仙犢鄉秦墅村黄延
嗣施錢一貫文省　淹澗村王缺王旺各施錢一貫文省
仙犢鄉秦墅村王重遇施錢一貫文省　北趙村缺彦朱珍
焦懷政各施錢一貫文省　秦墅缺彭進缺進侯俊李義已
上各錢一貫省　井湖村王欽錢一貫文　淹澗村將罕施
錢一貫文省　秦墅村張贇一貫文省　曹用施錢一貫文
為父母　夏文德一貫文省　劉文吉一貫文省　安豐縣
錦城村朱緒錢一貫文省　徐興錢缺　壽春縣淝泉鄉廉

公坊周惠錢一貫文省　二闗鄉子陽坊胡守忠施錢一貫文省　仙犢鄉西城坊孟守缺施錢一貫文省

此石三十一行

李兆洛曰報恩寺塔明黄普綱碑以爲建於唐時亦無他書可證得此碑始知此塔修於宋天聖時則其爲唐時所建可無疑也後又得古甎其旁有文曰天聖院修塔甎則此寺因天聖時重修遂名曰天聖院余故遂題此記曰天聖院佛會人名碑碑所載有可資考證者曰壽州壽春縣曰壽州安豐縣曰壽州下蔡縣霍邱縣當時皆屬壽州也曰廬州定遠縣廬或廬之訛曰亳州定遠縣亳字當亦訛宋初定遠屬濠州也其鄉則壽春有仙犢鄉二闗鄉雋造鄉金明鄉崇義鄉長壽鄉禮泉鄉禮教鄉黄萬鄉淝泉鄉萬載鄉安豐縣有望仙鄉金城鄉棲畝鄉高豐鄉永甯鄉定遠有千秋鄉其村坊則仙犢鄉有淹澗村北趙村倉陵村秦墅村井湖村張直村石墅村八仙坊西城坊市內坊二闗鄉則有子陽坊雋造鄉則有北蔡村胡陂村廉公坊東臺坊春申坊金明鄉則有東閻陂村崇義鄉則有金明坊長壽鄉則有闤城村三溝村禮泉鄉則有郭家庄禮教鄉則有東趙村黄萬鄉則有西艾村高方村淝泉鄉則有泉水庄廉公坊萬載鄉則有同杜村棲畝鄉則有竹子村秦墅村安豐則有錦城村霍邱則有孝義坊

合肥則有神龍村不知所屬者則有南蔡村北蔡村河塘村
王村五明坊車公坊城西坊城南廂其鎮則有橛澗鎮史源
鎮南廬鎮廬塘鎮其門則有永安門市則有草市寺院則有
永慶寺開元寺藥師院消災院石經院羅漢院草庵院永壽
館其人則有押司錄事知倉佐史醫術士講經座主院主都
首比邱行者女弟子疏首其所捨則有捨木捨米捨手作齋
食鄉坊之名與今時相合者惟春申坊其仙犢鄉或即留犢
坊以時苗留犢而名也金城鄉或即紫金坊以舊時子城名
也廉公坊或即指今之廉將軍墓近時州縣所治別無廉姓
也其餘地名詢之土人尚可十得三五大約多在壽州境余

以是刻報恩寺施錢人姓名亦俱載其鄉里冀亦爲後來考
地志者之證焉

宋天聖院塔頂石匣 在壽州報恩寺內

同治元年八月塔圮寺僧如燦短歌云塔中露石匣上有數
行字不知何許人亦不詳姓氏但云熙甯庚戌年八月廿六
日白骨葬於斯所以從先志男等曰宜曰謹曰寬曰寂曰宏
記僧自順昌來駐錫於茲寺塔崩石匣出親目閱其事按石
匣有二一鐫字一鐫十八羅漢像頗細緻

宋段氏墓誌 石在壽州孫氏半畝園中

文曰宋故崇德縣太君段氏墓誌銘　將仕郎前守睦州建

德縣主簿蕭稷撰　供備庫副使宣歙廣德軍都巡檢使鍾離景篆蓋

姓段氏鄭郡人給事中集賢院學士瞧之女衛尉寺丞贈虞部郎中潁川陳[公]諱之夫人皇祐元年十月三日以疾終享　六十二夫人孝謹靜和性尤聰慧善音律爲給事公愛甚當擇壻宜佳[乃]遂歸郎中爲郎中蚤世夫人年甫三十二奉姑益謹訓子愈嚴弗御鉛華及廢聲樂惟麤衣疏食一志佛事日誦竺典以齋潔自飭故族上下恭敬以爲楷式長子瑜之官并州文水主簿行有日請奉安輿夫人曰吾姑老矣豈可一日去左右耶姑曰吾孫少年初官爾當往常規誨之免貽悔咎也夫人竟不得自止既去常發涕思慕不已遂至感疾而逝其賢孝如此四子長曰瑜邕州節度推官次曰珂供備庫副使潤州沿江水陸都巡檢使次曰球開州開江縣主簿季曰玠與二女皆蚤卒夫人以次子封崇德縣太君供備以熙甯四年九月二十五日啟二親之葬合葬於壽州壽春縣淝泉鄉白田里祔先塋也銘曰夫人之先顯奕有光越自來歸于家允藏奉姑終始思念至歿賢行挺然宜祀圖史

宋多寶寺塔石匣[寺在壽州]

順治初年塔圮塔基有石匣文曰元豐八年胡靖建

宋司馬池行色詩石刻 在壽州

司馬池爲温公光之父嘗監安豐酒稅作行色詩曰冷於陂水澹於秋遠泊初窮見渡頭猶賴丹靑無畫處畫成應遣一生愁後孫宏知安豐軍遂刻於石張文潛爲之記見宋元詩會

宋黃魯直戲贈米元章詩石刻二 一在壽州循理書院 一在孫氏東園後

棲巖寺石室宋高宗御書 見中都志石室尚存高宗書已不可攷

祕霞洞銘 在相山東巘盤菴居士鑿以藏書見萬歷宿州志

扶疏亭東坡墨竹石刻 在州治北城上見萬歷宿州志

宋宣和封崇惠侯勅 正書在相山祠內見萬歷宿州志

宋皇甫斌水濂眞洞四字 洞在臨淮石洞水淺則見水漲則没宋紹興間刻

定遠儒學碑記 宋淳熙間邑人朱丙撰

鐵將軍銘 宋嘉定四年郡守鑄鐵將軍像門鎮淮銘其腹曰濠州之北淮水之邊用汝鎮守億千萬年見袁文新鳳陽新書

宋太平興國佛幢 在懷遠眞儒書院

文曰南贍部洲大宋國濠州鍾離縣河東呂禍坊弟子邵延興奉爲亡考建造尊勝幢子一軀今辰圓滿用資生界設齋慶口時太平興國六年十月六日建立訖

孫讓懷遠志云幢長三尺餘上刻佛像大僅如掌下刻此文字大半寸行列不齊旁有偈語十八句俚鄙不錄然邑中別

無古刻惟此幢爲最古又可證宋時鍾離所治兼及淮北又知今時縣治左右在宋爲昌福坊也

白龜泉石記

東坡集游塗山荆山詩自注云龜泉在荆山下有石記云唐貞元中隨白龜流出

孫讓懷遠志云石已無存此記或是唐刻坡公不指唐人故繫諸泉

劉仲光有夏皇祖之廟石碣

皇甫斌禱雨記石碣

宋濂荆塗二山記禹廟石碣二一大書有夏皇祖之廟六字

下方刻宋慶元初州守劉仲光自造禱雨祠一亦記禱雨事皇甫斌紹興庚戌來爲郡命鍾離尉丁大榮作石未剝泐文尚可讀

孫讓懷遠志云右二碣皆已毁無隻字可尋矣按舊縣志云宋慶元元年給事中許及之題曰有夏皇祖之廟郡守劉光鐫于石似當時修志者尚及見之然訛州守爲郡守訛劉仲光爲劉光頗與宋記牴牾

孫臨書祖無擇詩

董士錫修懷遠志云宋濂荆塗記下山麓入縣廟出讀祖無擇所賦歌京江孫臨爲書碑蓋無擇謫守壽春過此而作也

今碑已無存祖無擇之詩亦無可考錄

夏貴題名磨厓刻 在懷遠縣

文曰敕□□御器械特授江南招撫使差知懷遠軍兼撫內□□營田□軍馬沿邊都巡□□節制本軍□□壽春縣□□□□□□夏貴□□自備已財採買□□等選地基於卞和洞右坤山行龍轉兌山結頂□□剏建□□濟寶口祈乞保軍民平善開慶元年三月十七辛丑吉日用工□築□□今開具□□節制總管□官姓名于石□□大夫□差淮西副□□□□兼通判懷遠軍事兼□□□□□□□□司詹震差人助工□勅大夫兼□□□□盧州駐劄□□懷遠軍統制□□□勅大夫特□州□□□□□淮西路馬步軍副使提轄御前拱衛□□□□□州西路兵馬□□□□鎮江府駐劄御前雄江軍統制成瞿同人從等□□□校尉□統制□□都□□□□軍務御前雄勝軍統制楊程差人助工武經部鎮江府駐劄御前拱衛軍統領王法監造建武校尉鎮江府駐劄御前雄邊軍第二將權正將張□部役下斑祗候鎮江府駐劄御前中軍統領同統制王春部役秉義郎特差淮西口鈐盧州駐劄御前雄邊軍前軍統制章師元差人助工泗州部□軍帳前壕寨官張旺部役鎮江部統帥帳前大□□□兼□□寨張福

等廬州□部都作頭方成等鎮江□□副濠寨官兼□定部作頭李斌等建武校尉鎮江駐劄御前雄江軍都撥發官成寬部役鎮江官兵合千八等廬州部礮手撥發官□江教頭殿儀拆部役揚州部撥發官楊世雄教頭安俊潘軸部役訓武郎鎮江駐劄御前拱衛軍撥發將兼都撥發官聞平部役鎮江撥發官御前總管師雄軍教頭張寶部役

孫讓懷遠志云磨厓刻在卞和洞右石壁上前正書大佛寺可徑丈後刻此文字大四五寸行列疏密不齊每行長丈二尺後所刻街名每官為一行凡二十五行石既粗燥又為苔蘚所食多模糊不可辨惟佛字雄偉可觀耳按記文當是捌建寺宇而記中濟寶字之上下文皆漫滅不可識不能知其為寺為塔為幢矣今文昌閣正當其地或即曩時之寺址耶

宋景祐藏經石匣記

匣高一尺廣一尺長二尺文在其蓋

文曰合具打碑施主每日出錢一十文是用刊於石

鎮將王從謹部貫盧臨盧嵩盧用芝地主劉氏二娘劉德言高契陰闕史懷徐平李甯曹戩唐志朱榮朱濟川史堅田俊陳義李興張闕興闕用劉振張新王幸安甯詮胡方闕佳榮關美解興孫進陳遠陳進王闕韓德言史義方聶詮李誠程從智王堅陳最匠人蔡講景祐闕年十二月日記

鳳臺縣之西北鄉闞疃集浮梵寺藏一古石匣僧云昔人於乾隆初在寺西北羊溝中掘得中藏經卷剝爛不可檢視匣高一尺廣一尺二寸長二尺蓋高三寸旁刻十四佛像縱刻記文按景祐是宋仁宗改元年號也記載鎭將某某則闞疃在景祐閒固設將守禦以扼要害之地與近時土人往往於集之四界掘得古城磚當日蓋建城堡於此矣

宋府判廳石刻

石刻在鳳臺縣石高一尺八寸廣一尺三行行字大小不等

文曰帳前撥發官闕字甚漫漶辨似康字或曰盧字文貴提振官戴文祖闕
興謝本濠寨孫林
孫府僉康津闕梁汝明寶祐三年九月日　分認四丈

寶祐宋理宗年也宋自端平後蒙古搆釁河淮無甯日寶祐二年冬蒙古張柔以連歲勤兵兩淮艱於糧運奏城亳州據之下蔡去亳近當戍兵防禦此碑勒於次年九月共防禦官吏與未署分認四丈殆募充者而勒石於碑示不詭避猶見中原人之抒忠於宋也蕭景雲記　此碑石質粗劣字漫漶不工以其足資考證存之

宋夏松築硤石城摩崖碑記

碑在鳳臺縣縱六尺二寸廣四尺四寸八行行十二十三字不等

文曰築城記硤石兩岸對峙舊立二城以爲長淮津要去臘

已城築東岸西岸猶榛蕪荆棘今嵗松馳檄總統舟師攻勦正陽虜巢給假秋奉閫命創築同都統孫位都統彭宗立都統孫應武率步將士協力用工不一月城成以復版圖之舊

咸淳甲戌仲秋朔日壽陽夏松題石

甲戌宋度宗咸淳十年元世祖至元十一年也元史世祖本紀至元十年四月塔出董文炳行淮西等路樞密院事守正陽十一月甲寅宋夏貴政正陽淮西行院擊走之塔出傳十一年以塔出爲鎭國上將軍淮西行省參知政事宋夏貴帥舟師十萬圍正陽決淮水灌城幾陷帝遣塔出往救之道出潁州遇宋兵攻潁戍卒僅數百人盛暑塔出即發公庫弓矢驅市人出戰預度潁之北關攻易破乃悉徙民入城伏兵以待是夜宋人果焚北關火光屬天塔出率衆從暗中射之矢下如雨宋軍退走至沙河大破之溺死者不可勝計明日長驅直走正陽時方霖雨突圍入城遂堅壁不出俄復開壁與右丞阿塔海分帥銳師以出渡淮至中流背殊死戰宋軍大潰追殺十里斬首數千級奪戰艦五百餘艘遂解正陽之圍董文炳傳九年遷樞密院判官行院事於淮西築正陽兩城夾淮相望以綴襄陽及擣宋腹心十年拜參知政事夏霖雨水漲宋淮西制置使夏貴率舟師十萬來攻矢石雨下文炳登城禦之一夕貴去復來飛矢貫文炳左臂著脇文炳拔矢

授左右務四十餘矢艤中矢盡顧左右索矢又十餘發矢不繼力亦困不能張滿遂悶絶幾殆明日水入外郭文炳麾士卒御濉貴乘之壓軍而陣文炳病創甚子士選請代戰文炳壯而遣之復自起束創手劍督戰士選以戈擊貴將僕不死獲之以獻貴遂去不敢復來是歲大舉代宋丞相伯顏自襄陽東下與宋人戰陽羅堡文炳以九月發正陽十一年正月會伯顏於安慶宋史度宗本紀咸淳九年十一月以夏貴爲淮西安撫制置使賜錢百萬激犒備禦十年六月以銀二萬兩命壽春府措置邊防六月賜銀措置故於八月築城度宗以七月癸未崩此時尚未改元也夏貴以十一月爲淮西制

置使與世祖本紀十一月夏貴攻正陽之文合與碑去臘城築西岸之文亦合而塔出董文炳傳俱以爲夏間事頗牴牾又文炳傳云十年九月發正陽十一年正月會伯顏於安慶亦與十一月淮西行院擊走之之文不相應夏松史無其人所謂閫帥當即指夏貴宋之季年壽春下蔡濠泗皆爲宋守與元人以蒙城對境張柔城亳州其勢已亟至建行省于正陽而硤石尤爲必爭之地矣宋史無夏貴傳於攻正陽事無一字及之者是時賈似道當國一切軍書不復措意又當襄陽喪敗之後國是棼棼無復記注也碑在硤石壁間下臨淮河磨厓刻之大字八寸許雖稍剝蝕尚一一可辨

元慧光淨照大師之塔 塔在鳳臺縣

文曰至元□□□□其道德□□□□三年□□□□□二十四年春□□□以師行績達於陛□□師□□□道以彰上善□□□伽藍□藏灌頂國師重加旌賞號慧光淨照大師又二十年師年六十九而順寂□實後至大庚戌八月庚寅也葬於下蔡西三里慧師性勤儉□其師師永逝于□元□善智善慧焚誦之隙孳孳作□復化緣於善信於是建寶殿僧堂重塑佛像夫以師秉心之貞終始惟一□其功□□□後 之耳目□□□□後之來者□□證諸心乃無疆之□云至正三年□□□□代□□□□□□

下蔡古城外西北一里餘平岡上有舊石塔高數尺刻元慧光淨照大師之塔十字大二寸眞書頗古邊側刻石匠僉文貴造兩旁刻記字大三分剝落微茫兼漬沙泥滌而視之得字數十按元世祖順帝俱有至元之號此塔前載至元後載至大至正至天武宗年至正順帝年此則至元世祖年也里人不知塔葬元僧稱爲黃姑塔又言曾有鄉婦夢入塔底見黃姑款語鄙俚可笑也

元順濟龍王碑 在鳳臺縣

石高七尺廣二尺四寸十七行行三十九字碑陰行字不可辨額小篆兩行行四字字徑四寸許

文曰順濟龍王靈感之記安豐路下蔡縣儒學教諭 闕 篆額

嘗聞山川出雲致雨澤以茲榮萬彙易曰雲從龍是知雨非雲闕不從故神龍闕名山大川以成其變化之功茲壽春黑石潭實惟淮水之闕壁闕宿具曰闕府神龍之宅也若歲大旱四方祈禱者輻輳於是相厥崖闕順濟龍王之殿靈應肸蠁有年矣至正三年歲在癸未自闕雨至於闕大中大夫安豐路總管兼管內勸農事張謙齊闕既訖和事是夜雲霧晦冥闕電震闕於潭之上下須臾闕洫皆溢闕然闕霑洽蓋闕日方息於是闕者闕者實枯闕稿禾皆闕里士民闕家相慶咸闕之樂此皆闕而神應之速闕而然者矣總管之靈闕貺克孚闕報効可無念哉爰闕漁人之闕者以戒其褻香火祀事闕恭必闕功用能禦大災能捍大患闕下闕淫闕至誠可闕貫金石蹈水火以闕誠念念不忘於撫字闕國闕一本於誠將見雨闕効豈止於是乎闕於見闕之美嘉神靈感之闕傳誦闕勒蒼珉以垂闕安闕下闕勸闕其實闕書之七月日匠張彬李德刊

碑陰文曰闕黑石山龍王廟闕而香火煙沒闕老來前曰闕省且游闕夫闕田苯闕疵闕廡粉繪闕秘辛丑闕歲月用示闕足民闕直書大德闕年七月左日闕事闕壽春縣尹兼勸農事高闕至正癸未七月闕郡尹張闕雨有應黎庶刻珉闕德因覩闕文載之勒額茲慮歲久闕神烈闕

李兆洛曰碑露立黑石潭龍王廟前石理斷斷洞已甚欹斜仆葬間土人謂之交龍碑碑字端雅極似趙承旨余爲正其傾側築亭覆之

元應宜兒赤獵虎記 碑在鳳陽劉府西大山廟前

元安遠大將軍應宜兒赤在濠屯田打捕七八年間禽殺一千餘虎戊子仲冬獵至定遠村北及光山親射殺二猛虎至元二十六年巡檢王侃郭直立石

宿州修孔子廟碑題名

光緒年掘土得之碑首蟠雙螭文已磨滅惟碑陰題名尚存元大德七年立

元重修通濟橋記 余闕撰元統三年勒石在定遠西門外

元重修相山顯濟王廟記 至正十年宿州學正張霖撰

文曰相山宿州之望鎮也山去宿九十里廟在山之南麓有漢碑字剝不能考唐永徽元年碑辭云晉武帝太康五年令有司諸侯祀界內山川時相山屬沛國或云主應房心之星能興雲雨天旱禱雨輒應宋元豐間賜額顯通金阜昌二年封顯濟王明昌碑具載其事廟祀尚矣聖元合光嶽之氣混一海宇山川鬼神受職效靈抑亦久矣至正十年夏旱臨州達魯花赤牙亦刺等具牲幣禱祠下甫至輒雨越翌日又雨民告足遂獲有秋報祀之暇瞻廢墜慨然曰茲山之靈廟祀

弗稱豈非吾人之責歟於是同寅協謀出俸金耆年劉元卿等助其力鳩工董事撤故易新陶瓦甃石丹青黝堊煥然畢飭正殿五間巍峩雄爽快邦人之具瞻顧一時盛事也始於其年九月初八日告成於是月二十四日工不勞民不費是可嘉也已耆老陳得新等來謁余請文記其實余忝文學義弗克辭始載其顛末云爾雖然人知山之靈而不知人之靈知神之感應而不知感應之在乎人心書曰鬼神無常享享於克誠蓋神依人而立未有無其誠而有其神者也若有年不雨春秋之筆盡之矣吾恐後之臨是邦者遺其本而昧於神之賜仍作送迎詞使歌以祀之詞曰雨霏霏兮靈冥冥神來格兮風泠泠羌蘭藉兮蕙肴烝牲牷肥兮酒旨清神之來兮亦來使我心兮怦怦簫鼓兮吹笙紛紛屢舞兮充庭報祀兮無怠願歲歲豐登

元望先樓記 揭徯斯撰

文曰出自彭城南門行百餘里有三峰倚天名曰鼓山山中有聲如鼓自鳴歲則大熟其東北嶺有二泉下可溉田數十畝其西北谷有泉南流微折而東爲長溝會於南河以入於睢泉之北涯三峰之中有塋域焉是爲劉氏之阡而劉氏之居在其南涯蓋數百歲矣莫知其所始其居有樓曰望先之樓望其父祖而致其思也樓之前三峰橫陳與鼓山相高其

南十里有小河台溝水入於睢河之南是爲宿州睢西諸山冉　如畫邈在天際可以坐見樓之東有山曰東山山多巖洞皆神人眞士所居有趺坐一洞數十年不出山者西有山曰磨旂之山樊噲嘗磨旂之處蓋自彭城南至徐州百四十里羣山緜延毓勝於此故劉氏聚族千百歷數百歲而不替益蕃惟其德之積而山川之會鍾其蘊靈所致然也且宿密邇彭城而彭城爲劉氏望郡其先之崇高盛大不待言說時移代易無從徵耳若今廣平太守湛揚聲著實凡數十年登樓而望松楸在目日月出矣而思定省之無期暑寒變矣而念温清之不再撫泉淵之深遠知福澤之有本覽山嶽之崇峙見積累之有基子孝孫賢豈偶然而致圭重組疊非邇近可臻於此而望其先當何如其心也然望之念切不如善繼善述求之愈至不如寡悔寡尤所以承先所以裕後或出或處頤瞻在前或作或息倏忽在右曰何以無作於己何以不辱其先何以可垂於後然後望之之實庶不負於斯樓也廣平公字清甫今之賢守也子勃方爲翰林都事亦有名焉

元柳子鎭侯君去思碑　孫思庸撰　侯德源爲柳子鎭巡檢有殺賊功至正十二年民立碑

元王忠惠公墓碑　名居仁元至正元年立碑紀功見萬歷宿州志

元禹廟香火公據碑　碑在懷遠塗山禹廟正書

文曰皇帝聖旨裏元教宗師志道宏教冲元眞人總攝江淮

荆襄等路道道教都提點同知集賢院道教事據安豐路濠州道正司申備元妙觀住持潘宗埜狀告本觀自亡宋時分甲乙住持自上而下輪貸住持自歸附以來累年口造未曾申明換給公據及照得塗山禹帝香火宋時隸屬本觀管領拘確香資備造養膳乞備申上司給據付本觀甲乙住持管紹塗山香火保結申照詳事得此准申合行出給公據付本觀甲乙承襲住持依舊管紹塗山禹帝廟香火提督冬延仍仰依期焚脩祈延皇帝聖壽務在精勤毋致怠慢須議給據者

右據仰濠州元妙觀准此

重脩禹廟記 正書

文曰塗山古名山也禹昔會諸侯於此地執玉帛者萬國在當時爲一大都會明矣至今禹會有村此其驗也禹自平水土之後功蓋萬世天下後世生民俱得平土而居之誰之賜歟想塗山巖巖氣象禹以神功靈德廟食此山其來久矣唐大臣狄梁公天下正人也毀諸淫祀至二千七百餘所而禹廟巍然獨存今塗山祠是也本祠舊隸濠州天慶觀管紹香火緜緜延延接續崇奉洪惟聖元混一區宇首崇道教將天慶觀名易寵徽號以元妙二字壯美觀額惠至渥也刻扶植教門綱維道統又賁仗大宗師眞人力焉迺在大德丁酉三月給降公據俾本觀仍舊管紹塗山禹廟香火付崇正大師

蔣士中爲首看守遵命奉行謹模似本白之於郡郡守奉訓謝椿樂成其美添力脩造又有功於廟績多矣揭銘摛光千古不没甚盛事也於是命工刻石以紀歲月云爾大德壬寅仲春吉日管軍上千戶倪文仲同知郭宏同知姚仁壽本縣達魯花赤亦憐眞縣尹楊柏齡主簿朵列禿典史張埜助緣儒學正吳文魁撰文提領林應楙篆蓋書丹凝和守一大師濠州道判住持元妙觀提督廟事潘宗埜立石

石碑在塗山禹廟碑長四尺分作兩截刻之上半截爲公據下半截爲重修廟記皆正書公據凡十行行字多寡不等脩廟記凡二十六行每行十七字

元趙孟頫南無釋迦牟尼佛七字牓石刻 在壽州報恩寺殿壁以宣州本摹刻有梁獻跋

元趙孟頫選冠子詞石刻 在壽州循理書院

元眞武廟殘碑 在靈璧潼郡集見貢震靈璧志

懷遠石山口張羽碑 石山口爲東西孔道路崎嶇元嘉泰間浙人陳運成脩成坦道鄉人張羽撰碑記見舊懷遠志

乾山乾闥婆祠碑 元貞元間重脩祠立石見道光宿州志